光文社文庫

長編時代小説

雪見船

隅田川御用帳(十)

藤原緋沙子

光　文　社

※本書は、二〇〇六年一月に
廣済堂文庫より刊行された
『雪見船　隅田川御用帳〈十一〉』を、
文字を大きくしたうえで、
さらに著者が大幅に加筆したものです。

目次

第一話　冬の鶏　11
第二話　塩の花　95
第三話　侘助（わびすけ）　170
第四話　雪見船　246

伝通院
小石川
白山
神明宮
中山道
駒込
水戸徳川家
春日町
水道橋
千駄木御林
駒込追分
前田家加賀
本郷
藍染川
道灌山
霊雲寺
島聖堂
日暮里
湯島天神
田大明神
茅町
池之端仲町
不忍池
弁天
妻恋坂
築山藩の上屋敷
東叡山寛永寺
根岸
谷中本村
下谷広小路
外神田
下谷長者町
下谷金杉町
御徒町
下谷の御徒組屋敷
下谷山崎町
三味線堀
広徳寺
新寺町
下谷竜泉寺町
幡随院
元鳥越町
玉王寺
千住大橋
阿部川町
新吉原
御蔵前片町
新堀川
日本堤
新旅籠町
東本願寺
御蔵前通り
御蔵前
御米蔵
浅草寺
小塚原
三間町
田原町
浅草広小路
黒船町
山谷町
諏訪町
新鳥越町
御厩河岸之渡し
駒形町
材木町
雷門
新鳥越橋
浅草駒形堂
花川戸町
聖天町
山谷堀
待乳山聖天宮
吾妻橋
竹町之渡し
今戸橋
今戸町
白鬚之渡し
隅田川
源森橋
向島墨堤
瓦町
中之郷
竹屋之渡し
三囲稲荷
長命寺
諏訪明神
木母寺
隅田村
源森川
小梅村
北割下水
須崎村
寺島村
業平橋
小梅村
押上村
十間川
亀戸天神

『隅田川御用帳』の世界
麹町
番町
千鳥ヶ淵
田安御門
半蔵御門
西之御丸
虎之御門
新シ橋
外桜田御門
雉子橋御門
一橋御門
和田倉御門
江戸城
猿楽町
幸橋
土橋
南町奉行所
北町奉行所
数寄屋橋御門
神田橋御門
富士見坂
汐留橋
呉服橋御門
常盤橋御門
昌平橋
←至品川
三十間堀川
西紺屋町
比丘尼橋
竜閑橋
平永町
濱御殿
水谷町
京橋
数寄屋町
本銀町
鍛冶町
通新石町
筋違御門
木挽町
品川町
今川橋
伊沢道場
築地の浴恩園
西本願寺
日本橋
室町
四丁目
本町
大伝馬町
岩本町
柳森稲荷
和泉橋
佐久間河岸
楓川
佐内町
本船町
内神田
神田川
八丁堀
弾正橋
水谷町
組屋敷
八丁堀
海賊橋
江戸橋
道浄橋
堀留町
小伝馬町
亀井町
豊島町
柳原土手
神田佐久間町
中之橋
南茅場町
日本橋川
小網町
堀江町
通油町
長谷川町
富沢町
千鳥橋
馬喰町
思案橋
難波町
通塩町
汐見橋
横山町
両国広小路
稲荷橋
船松町
鉄炮洲
一ノ橋
新川
南新堀町
霊岸島
三ノ橋
二ノ橋
行徳河岸
行徳川
浜町堀
橋町
栄橋
米沢町
浅草橋
箱崎町
小川橋
十四郎の住む長屋
高橋
佃島
薬研堀
両国橋
柳橋
大川
石川島
永代橋
浜町
隅田川
尾上町
一ツ目之橋
元町
熊井町
佐賀町
今川町
上之橋
万年橋
新大橋
六間堀町
弁財天
松井町
回向院
横網町
御竹蔵
三ツ屋
万年町
海辺大工町
相生町
松坂町
亀沢町
橘屋
六間堀
中ノ橋
北之橋
常盤町
松井橋
慶光寺
越中島
永代寺門前山本町
海辺橋
二ツ目之橋
深川元町
北森下町
弥勒寺橋
深川
仙台堀
浄心寺
小名木川
五間堀
本所
南割下水
富岡八幡宮
蓬莱橋
東平野町
霊巌寺
竪川
亀久橋
芝翫河岸
吉岡橋
吉永町
雲光院
三ツ目之橋
洲崎
木場
三笠町
新高橋
入江町
横川
猿江橋
南辻橋
亀戸村
長崎橋
西
南
北
東
猿江町
御材木蔵
清水橋
横十間川
0
1km

慶光寺配置図

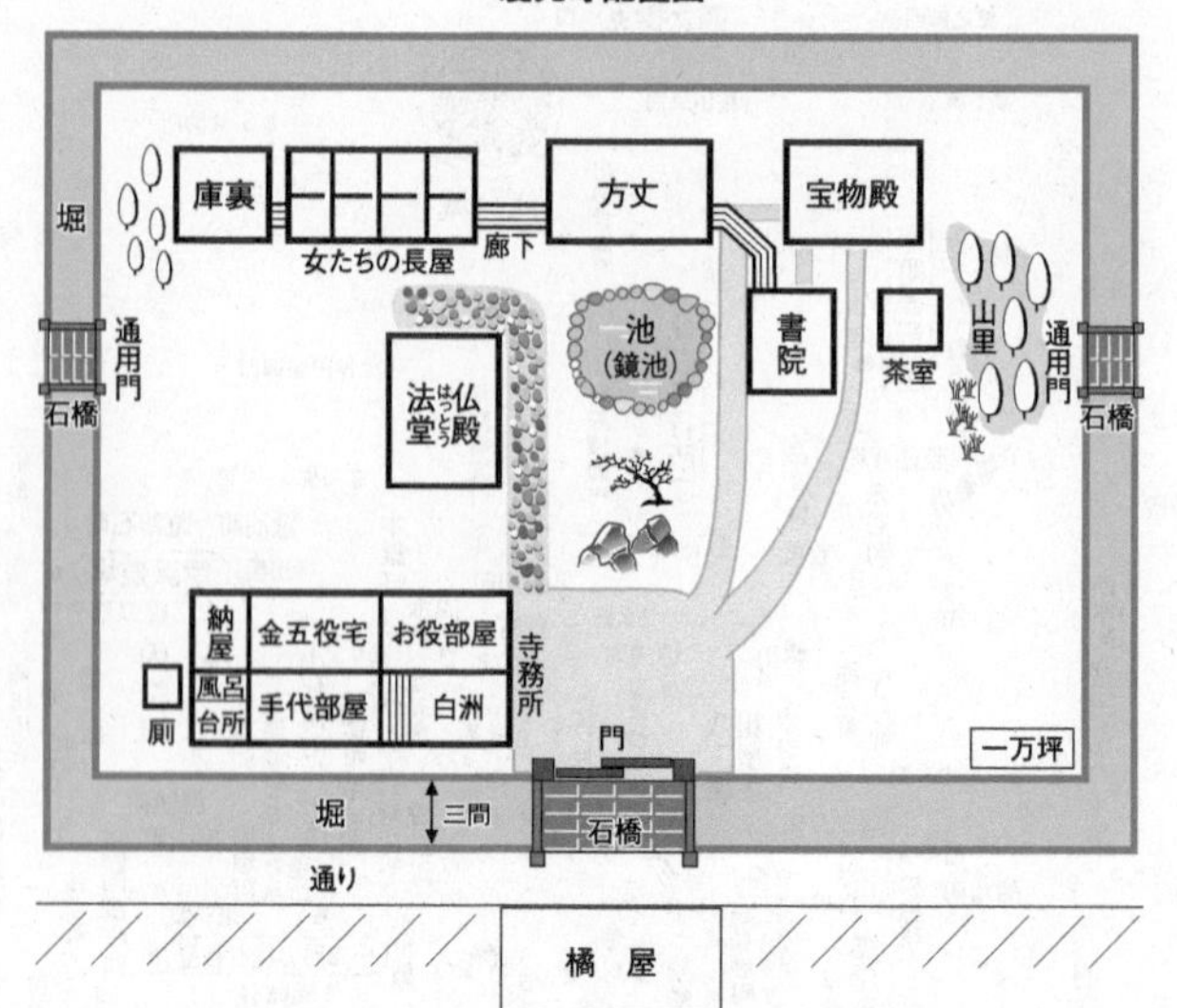

方丈（ほうじょう）　寺院の長者・住持の居所。

法堂（はっとう）　禅寺で法門の教義を講演する堂。他宗の講堂にあたる。

庫裏（くり）　寺の台所。住職や家族の居間。

「隅田川御用帳」シリーズ　主な登場人物

塙十四郎
築山藩定府勤めの勘定組頭の息子だったが、家督を継いだ後、御家断絶で浪人に。武士に襲われていた楽翁（松平定信）を剣で守ったことがきっかけとなり「御用宿　橘屋」で働くこととなる。一刀流の剣の遣い手。寺役人の近藤金五とはかつての道場仲間である。

お登勢
橘屋の女将。亭主を亡くして以降、女手一つで橘屋を切り盛りしている。

近藤金五
慶光寺の寺役人。十四郎とは道場仲間。

秋月千草
諏訪町にある剣術道場の主であり、近藤金五の妻。

藤七
橘屋の番頭。十四郎とともに調べをするが、捕物にも活躍する。

万吉
橘屋の小僧。孤児だったが、お登勢が面倒を見ている。

お民
橘屋の女中。

おたか
橘屋の仲居頭。

八兵衛　塙十四郎が住んでいる米沢町の長屋の大家。

松波孫一郎　北町奉行所の吟味方与力。十四郎、金五が懇意にしており、橘屋ともいい関係にある。

柳庵　橘屋かかりつけの医者。本道はもとより、外科も極めている医者で、父親は千代田城の奥医師をしている。

万寿院（お万の方）　十代将軍家治の側室お万の方。落飾して万寿院となる。慶光寺の主。

楽翁（松平定信）　かつては権勢を誇った老中首座。隠居して楽翁を号するが、まだ幕閣に影響力を持つ。

雪見船　隅田川御用帳（十一）

第一話　冬の鶏

一

霜を踏む音が聞こえてくる。
塙十四郎は、うたた寝をしていた炬燵の中で、耳朶にその軽やかな音をとらえた時、
――子供の足だ……。
そう思った。
同時にふっと幼い頃の、ある冬の日を思い出していた。
それは、ことのほか寒い夜が明けた朝のことだった。
「行って参ります」

藩邸内の学習所に通うため、母に挨拶をして玄関を出た途端、庭一面に黒い土帽子を被った霜柱が簇出しているのに気がついた。

踏み締めると、草履の底で微かな抵抗をみせながら、香ばしい音を立てる。

十四郎は、本を脇に抱えたまま夢中で踏んだ。

踏むほどに面白く、昨日友人と喧嘩をしたことも、母に小言を言われたことも、すべて打ち消されていくようで、あちらを踏みこちらを踏みしていると、

「あなたは、何をしているのです。早く行きなさい」

役宅から出てきた母に叱られた。

――今思えば、屈託のない日々を過ごしていた幸せな頃……。

十四郎がそこまで思い起こした時、先ほど聞こえていた霜を踏む音は、我が家の戸口まで来て、そこでぐるぐる回り始めたのである。

「わん」

犬の声もする。

――万吉か……。

十四郎は体を起こして土間に下り、障子を開けた。

突然冷たい外気が入ってきたが、すぐ目の前で、万吉がこれでもかこれでもか

というように、霜柱を見つけ見つけして踏んでいる。

「おい、万吉、お前何をしている。使いで来たのではないのか」

十四郎は、かつての母のような窘める声をかけながら苦笑した。

「あっ……十四郎様」

万吉は、きょとんとした顔をして見返した。そして、急に思い出したように、

「はい、そうでした。お登勢様がお呼びです」

と言う。

「駆け込みか」

手招きして家の中に入れた。

腰を落として万吉の顔を覗きこむと、

「いいえ、違います。変なお客が逗留しています。気味が悪いから来てくださいと申しております」

白い息を吐きながら、懸命な顔で告げた。

「ふむ。その者は男か女か」

十四郎は質問しながら火の始末をし、刀を摑んだ。

「男です」

「どのように気味が悪いのだ」

「部屋の中に籠もっています」

「ふむ。それで……」

「おいらが知っているのは……このごん太をじいっと見てました。犬鍋にしようと考えているのかもしれません」

「何、ごん太を犬鍋にするとな。それは一大事だ」

十四郎はクスリと笑った。

「本当です……とにかく変な人です」

万吉は要領を得ないようだ。それより、先ほど外でやり残した霜踏みに未練があるのか、気もそぞろである。

「まあいい、分かった。行こう」

溜め息を吐いて土間に下りると、

「だ、旦那、たいへんです。才蔵さんが殺されちまったらしいんですよ」

綿入れ半纏を着た鋳掛け屋の女房おとくが顔を出した。

おとくは外から走って帰ってきたらしく、息を弾ませていた。首に巻いたえりまきも、大きく上下に波を打っている。

「おや、旦那は知らなかったんですか。両国の大道で似面絵を描いてた人ですよ」

「才蔵？……誰のことだ」

「ああ」

そういえば、四十前後のひょろりとした男が、大道の片隅に筵を敷き、客を座らせて絵筆をとっていたのを、何度か見かけたことはある。

「才蔵さんの住まいはさ、すぐそこの、絵具屋の島田屋さんの裏店だったんですよ。身寄りがない寂しい人でね。だからあたしも、暮らしの助けになるかもしれないって、一度この顔を描いてもらったんですけどね」

おとくはちょっぴり、恥じらってみせた。

「ほう……」

まじまじと、十四郎はおとくの顔を見た。

そのむこうでは、万吉がもう外に出て霜を踏んでいる。

「だってさ、若い頃の顔を残しておきたいじゃないですか」

「まあ、そうだな」

十四郎は、笑いを嚙み殺して相槌を打った。

この長屋では口うるさくて、ぬしのように言われているおとくでも、女心はあるものとみえる。

「いやねえ、旦那。そんな顔で見ないで下さいましな。そんなことより、才蔵さんがいったいどんな理由で、どんな奴に殺されちまったのか、それだけでも……、ねえ旦那、番屋で聞いてやって下さいましな。みんな知らん顔では可哀相すぎます」

おとくは言った。お節介だが、情のある女である。

「まあ、聞くだけならな」

その殊勝な情にほだされて、つい十四郎は頷いた。

「お願いします。あたしなんかじゃ、番屋の旦那方は相手にもしてくれないんだから」

「分かった分かった。番屋は米沢町だな」

十四郎は念を押すと、

「万吉、いつまでやってる。お前は先に『橘屋』に戻れ」

万吉とごん太を促して、長屋を急ぎ足で出た。

「これは塙様、才蔵をご存じでございましたか」

十四郎が番屋に顔を出すと、大家の八兵衛が十四郎に気づいて近寄ってきた。

どうやら八兵衛は今日が当番日で、番屋に詰めていたようである。

「おとくに頼まれたのだ。才蔵とやらがなぜ殺されたのか聞いてほしいとな」

「まったく、おとくもお節介な……いえね、殺しは殺しですが、身寄りもないものですからね。これから回向院にでも運ぼうかと皆で相談していたところでした」

八兵衛は、戸板の上に被せてある筵の盛り上がりを、ちらと見て言った。

「誰にやられたのだ」

「それが、町方の旦那も、なぜわざわざ川から引き上げたのだ、大川に流しておけば手間もいらぬのに、とまあ、こうでございますからね。身元もはっきりしないような輩が殺されたからって、関わってはいられない。そうおっしゃって」

「ふん……」

十四郎の胸がことりと動いた。

「仏を拝ませてもらってもよいな」

土間にある遺体に歩み寄る。

「およしなさいませ、塙様」

八兵衛は、辺り(あた)を憚る(はばか)ように言い、それでも十四郎の傍に立った。

十四郎は、筵をめくり上げて死人の顔を見た。

覚えのある、あの痩せた男が、口を開けて死んでいた。

「刀傷か……」

十四郎は、肩から斬り下ろされた傷を見た。

「下手人は武士のようだな」

「はい、そのようです。しかしああいう絵を描いていたんですから、いつかはこんな目に遭うのではないかと思っていました」

八兵衛の言葉には、蔑む(さげす)ような含みが見えた。

「ああいう絵とはどういう絵だ。似面絵師だろう、この男は」

十四郎は、筵を遺体に被せると立ち上がって、八兵衛を見た。

「それがですね……」

八兵衛は、十四郎の耳に囁いた(ささや)のである。

「あぶな絵を描いていたらしいんです」

「あぶな絵……」

「ご禁制の、男と女のあれでございますよ。噂はあったんですが、住んでいた長屋から数枚、下描きの絵が出てきたんです。このことは、お役人には申しておりません。殺された上に罪人にされては可哀相だと、皆で口を噤むことにしました。そういうものに手を染めていると、とんでもない災難に遭ったって不思議じゃない。まっ、あぶな絵が原因かどうか定かではないにしても、才蔵は何かのもめごとに巻き込まれたのだと存じますよ。くわばらくわばらです」

八兵衛は身震いしてみせたのである。

二

「お客様は、宿帳には『常陸国、三九郎』と記してございますが、言葉に常陸のなまりなどございません。それにわたくしの拝見したところ、お武家の出だと存じますが、髷は武家髷でも着流しで、腰には小刀のみ、懐に大きな虫眼鏡を携帯しています」

お登勢は鉄瓶の湯を急須にそそぐと、静かに茶を淹れ、十四郎の前に差し出して、奇妙な客について説明した。

「ふむ……」

十四郎は、早速その茶碗を引き寄せて一口啜った。

煎茶だが、お登勢が茶を淹れると、京言葉で言う「まったり」とした味がする。

その香りと柔らかい舌触りを確かめてから、お登勢の顔を見返した。

二人が座しているのは、お登勢が居間にしている仏間である。

店の者はともかくも、客が立ち聞きできる場所にある部屋ではない。だがそれでもお登勢は、密やかな声になっていた。

そのしっとりとした声音に、十四郎は、先ほどからかすかに胸の騒ぐのを覚えている。

今日のお登勢は、紫苑色の江戸小紋に黒っぽいビロードの帯を締めていて、坪庭から差し込む冬の光が、白い肌をいっそう白く映し出していた。

「ふむ……」

十四郎は、わざと難しそうな顔をして言った。

「それだけで気味悪がるというのもどうしたものかな。もっと詳しいことは分からぬのか」

茶碗を下に置き、お登勢を見た。

「今おたかさんとお民ちゃんを呼びましたから、二人から話を聞いてみて下さいまし」

　とお登勢は言う。

　十四郎が茶を飲み終わると間もなく、申し合わせたように、

「失礼致します」

　仲居頭のおたかと女中のお民が、するりと入ってきて敷居際に座った。二人とも怯えた顔をしている。

　恐ろしげな顔をして口を先に開いたのは、お民だった。

「十四郎様、三九郎とかおっしゃるお客様ですが、ずっと部屋に籠もっているかと思っていると、それだけでも気味が悪いのに、新しいお客様が玄関に現れるたびに二階から下りてきて、階段の途中からこっちを覗いているんです。ぎょろぎょろした目で。お客様だって気持ち悪いし、わたしたちだってそうです」

「ふむ」

「誰かを待ち伏せしていて、今に刃物でも振りまわすんじゃないかって、皆怖がっています」

　お民は、泣きそうな顔をして言った。

「本当に胡散臭いったらないんですよ」

今度はおたかが口を挟んだ。

「何しろ、在所から出てきたようなことを言っても、その形はこの宿に入った時から旅の姿ではございませんでした。荷物も風呂敷包み一つでしたし」

「ほう……その風呂敷包みには何を入れていた」

「小箱のようなものですね、何でしょうか……」

「小箱か……」

「それに食事もあまり進まないらしくて、いつもお膳を残しています」

「体の具合が悪いわけでもあるまい」

「逗留は今日で三日になります。昨日は柳庵先生がお立ち寄りになったものですから、もしも体の具合でも悪いのならお医者様に診てもらったらとお勧めしたのですが、ただ一言、医者などいらぬと、睨まれました」

「……」

「いったい何のためにこの宿に泊まっているのか、その目的が分かりません」

客あしらいでは定評のあるおたかまでが、お手上げのようだった。

「お登勢殿、先頃駆け込みしてきた女がいたな、お花とかいう。その者の身内ということはないのか」

十四郎は、火鉢の前で端座(たんざ)しているお登勢に顔を向けた。

「それはないと存じます」

お登勢は、きっぱりと否定した。

「お花さんについては、十四郎様にも身辺をお調べいただきましたが、あのような御仁(ごじん)の存在は、一人もおりませんでした。三九郎というお方に会っていただければ分かります」

「ふーむ」

「とにかく、この先の、逗留の日数もはっきりおっしゃいませんし、こちらも対応に困っています。何か事情があるのだとは存じますが、そこのところを、十四郎様に聞いていただけないものかと……」

「分かった。それで、今日限り出ていってもらえばよいのか」

「それは、お話次第です。十四郎様にお任せします」

お登勢は言った。

「そういうことだ。この宿の者たちに悪気はないのだ。俺もおぬしを武家と見た。

だが、武家がその形で、今話したような行いを続けていれば、宿の者たちは不安に思う。いや、ただ不安に思っているだけではないぞ。ここにいる、この宿の主のお登勢殿は、何か深い事情があるのではないかと案じておる。それならそれで、逗留が長くなっても構わぬと言っているのだ。どうだ、腹を割って話してくれぬか」

十四郎は、三九郎の部屋を訪ねて、ざっくばらんに逗留している事情を聞いた。

むろん、十四郎の両脇には、お登勢と番頭の藤七が座っている。

三九郎という男は、武家とも町人ともつかぬ、一種の数寄者のような奇妙な雰囲気を持っていた。

中肉中背だが、眉は黒く目は虚ろな感じがした。

しかし、十四郎が話している間は神妙な顔をして、膝に両手を置いて聞いていた。

三九郎にしてみれば、まさか二本差しの用心棒が出てくるとは、想像だにしていなかったに違いない。

「すまぬ。この通りだ」

三九郎は頭を下げた。

「常陸など行ったこともない、思いついて記したまでのこと」

三九郎は、あっさりと白状した。

十四郎は厳しい顔をつくって言った。

「宿帳に偽りを記すなど許されぬ。ここは普通の宿ではない。『慶光寺』の御用宿だ。それも承知で偽りを申したのか」

「御用宿と知っての逗留でござった」

「何」

「栗塚三九郎と申す。実は私は堀江町の裏店に住む浪人者です」

「栗塚、三九郎……」

「しかし、その浪人の身分もとっくに捨てております。今は一介の絵師、それも扇子に一筆書きなどして糊口を凌ぐつまらぬ男です」

「すると、そこにある風呂敷包みには……」

「絵筆一式が入っております」

「ふむ……」

「刀はなくとも絵筆だけは片時も手放せない。出向く先々で目に留まったものを写さずにはいられぬのです」

三九郎は風呂敷包みを引き寄せると、はらりと解いて、小箱と、その中に入っている絵具や筆を見せた。

「しかし、ますます解せぬな。何ゆえこの橘屋に逗留している」

十四郎はじっと見た。

「実は、人を待っている。それも一方的に待っている。必ずここに現れるに違いないと……」

――ははん……。

十四郎は、ちらりとお登勢、そして藤七と視線を合わせると、

「まさか、おぬしの妻女が駆け込んでくるというのではあるまいな」

ずばりと聞いてみた。

「おっしゃる通りです。恥を申せば、そういうことです」

三九郎は困惑した顔を上げた。

もはや、恥も外聞もなく、妻を追っかけている亭主の顔だった。

「お話し下さいませ。お力になれるかもしれません」

傍からお登勢が言った。

「はあ……」

三九郎は、ほんの少し、思案しているように見えた。だがすぐに、意を決したように、橘屋に逗留することになった顛末を話したのである。

それによると、三九郎の妻の名は佳世といった。

おとなしいその妻が、五日前に突然離縁して欲しいと切り出した。

「二人の子供たちともども、お別れしたいと存じます。離縁状を頂戴したく存じます」

佳世は涙一つ浮かべずに言ったのである。

青天の霹靂とはこういうことを言うのかと、三九郎は我が耳を疑った。

「待て待て、俺はお前なしではやってはいけぬ。何があったのか知らぬが、冗談はよせ」

三九郎は苦笑してみせた。しかしその笑みは震えていた。

「いまさら何があったのか知らぬとおっしゃる。だから別れたいのでございます。わたくしは、今までに、何度もそれとなく申し上げて参りました。わたくしの心にお気づきにならなかったということは、あなたは、わたくしのことなど、どうでもよろしかったのではございませんか。悩んで悩んで、ようやく決心致しました。もうどうあっても心を翻すことはございません」

佳世は、きっぱりと言った。

さすがの三九郎も腹を立て、絶対離縁状など書かぬとつっぱねた。

すると佳世は、

「この江戸には、別れたくても別れてもらえない女のために、駆け込み寺があると聞いております。あくまであなたが承諾しないとおっしゃるのなら、わたくしにも考えがございます」

見たこともない強情な顔で言った。

その日はそれで口も利かずに夜を明かしたが、翌日、わずか半刻（一時間）、三九郎が長屋を空けたその隙に、佳世は子供二人を連れ、行方知れずになったのだという。

三九郎は、そこまで話すと、大きな溜め息を吐いた。

数日間の心労が一時に噴き出した顔だった。

「別れる、別れぬと諍いをしておりました時に、橘屋とかいう宿の名が出ました。それで、ここで待っていれば、佳世は必ずやってくる、そう思ったのです」

「心当たりは捜したのですね」

「捜しました。どこにもおらぬ」

「いや、ちょっとお待ち下さい」

　声を出したのは藤七だった。

「ひとつお聞き致しますが、ご新造さんは、青みがかった縞の着物に黒繻子の帯を締めてはいませんか」

「そうだ、その通りです。佳世は縞の着物は一着しか持っておらぬ、一張羅です」

「お顔は細面、痩せておいでになる」

「そうだ。そして子供を連れていたはず」

「いえ、お一人でしたが、そうですか、あのお方がご新造さんでしたか」

　一人で合点している様子の藤七を、お登勢も十四郎も何のことかと見守った。

「こちらに来たんだな。番頭殿、教えてくれ」

「お会いしたのは海辺橋、またの名を正覚寺橋と呼ばれている橋の袂です。仙台堀からこちらに入る道の手前です」

「橋……いつだ」

　三九郎は、興奮した顔で立ち上がった。

「お座り下さいませ。今頃走っていかれてもおられません。お会いしたのは昨日のこと」

藤七はぴしゃりと言い、三九郎を座らせると、

「ご新造さんは、橋屋という宿はどちらにあるのかと聞かれたのです……」

佳世と思われるその人は、細身の体で冷たい風を受け、寒さに震えているようだった。

藤七が、自分は橋屋の番頭だと告げると、佳世は一瞬言葉を呑んだようだった。

思い詰めた目で藤七を見返したが、しかしそこを動こうとはしなかった。

藤七には、駆け込みのひとだと察しがついていた。

この道をまっすぐ行けば、右手に橋屋があり、向かい側に慶光寺があるとそれとなく伝えると、佳世は頭を下げて大川端の方に去っていったのである。

「ご新造さんの佳世さんでしょうね」

お登勢が言った。

「わたくしの経験から申し上げますと、駆け込みをしようと決めても、いざとなると踏み切るだけの勇気は持てない、あとひと押しの勇気を出すのには、たいへんな決心がいるようです。こちらの番頭もそうですが、わたくしも、そういった女の方をたくさん見てきています。特にお武家様はご身分がご浪人とはいえ、武

士としての世間体がございましょう」

「女将……」

三九郎は蒼白の顔で見た。だが、次の言葉が見つからないようである。

「ご新造さんはお子様をどちらかに預けていらしたのでしょうね。駆け込むと決心してもなお、ご自分一人ならばともかくお子様がいらっしゃる。軽はずみなことはできないと、きっと悩んでいらっしゃるのだと存じます。だからこそ、すぐに藤七についてはこなかったのだと思いますよ」

「この江戸にいる。それだけでも朗報ではないか」

十四郎が口を添えると、三九郎は微かに頬を紅潮させて頷いた。

「しかし、ここに居れば、またやってくるかもしれぬ」

三九郎は一縷の望みに縋るように言う。

「一度お住まいにお帰りなさいませ。わたくしの勘では、今頃はお家に帰っているはずです」

「……」

「もしもここに駆け込んで参られましたら、すぐにお知らせ致します」

「すまぬ。恩に着る。よしなに頼む」

三九郎はほっとした顔をして頭を下げた。

その時である。

庭でけたたましい鶏(とり)の声がした。

すると、三九郎の表情が一変した。何か、雷にでも打たれたような顔をして、窓に寄って障子を開けた。

下を覗いて広い庭を眺めたかと思ったら、

「御免」

血相を変えて、風呂敷包みに入っていた小箱を抱えると、部屋の外に走り出た。

「栗塚殿」

十四郎が呼びかけるが、もはや返事もせず、階段を駆け下りる慌(あわ)ただしい音が聞こえてきた。

唖然(あぜん)としてお登勢と顔を見合わせた十四郎も、次の瞬間、三九郎の後を追っていた。

「コケッ、カカカカ。クワッ、ククク」

真っ赤な鶏冠(とさか)を振りながら、赤茶色の羽をした鶏が、橘屋の裏庭を飛び回る。

三九郎は、その鶏を追っかけて、

「いい子だ、いい子だ。こっちに来い」

猫なで声で捕まえようとするが、するりと躱され、また追っかけるが今度も躱されても性懲りもなく追い回す鬼ごっこが展開された。

ごん太がけたたましく吠えるが、頓着しない。

「おい、小僧、その犬を捕まえていてくれ」

走り出てきた万吉に言い、

「ようし、もう少しだ。こっちだ、おいで……」

三九郎は、鶏の気をひくのに躍起である。

「お客さん、その鶏は隣の家の鶏です。逃げてきたんです。鶏鍋になんてできません」

万吉が必死で伝える。

「安心しろ。鍋になんぞするものか。いいかね、小僧。一緒にこの鶏を捕まえてくれたら、絵を描いてやるぞ。鶏の絵だ」

三九郎は、さっきの悩みもどこへやら、嬉々として万吉に言う。

「本当……約束だよ」

万吉はまだ子供である。すぐに怪しげな三九郎の話に乗った。

「本当だ。そうと決まったら、すまぬが台所に行って、何か餌を貰ってきてくれ」

「餌……何がいい？」

「粟でも稗でもいい」

「そんなものあるかな」

「米でもいい」

「万吉……」

廊下に十四郎とお登勢が立った。

お登勢は、万吉を制する顔をして呼んだが、

「お登勢様、今晩のおいらのご飯は半分でいいです。鶏の餌を頂きます」

お登勢の返事も聞かぬうちに、万吉は台所に走っていった。

「まったく……」

十四郎とお登勢はまもなく、伏せ籠に入った鶏の姿を一心不乱に写生する三九郎を呆れ果てた顔で見ていた。

その三九郎の肩や背中には、静かな緊張感が漂っていた。

さっきまでのしょぼくれた三九郎とは別人のようだった。

三

佳世と名乗る痩せた妻女が、幼子の手を両手に引いて現れたのは、三九郎が宿を去った翌日だった。

やはりお登勢が予言したとおり、佳世は駆け込みを断念して、長屋に帰っていたのである。

幼子は上が女子で五歳、名を幸といい、下が男子で名を淳之助といい四歳だと佳世は言った。

二人の子は、心に不安を張りつけているように顔から笑みが消え、常に佳世の手にしがみついていた。

「こちらへいらっしゃい。お母上のお話が終わるまで犬を見せてあげる、可愛いのよ」

お民の誘いに、二人はようやく佳世の手を放し、お民の手に縋って部屋を出ていった。

「申し訳ありません。あの子たちの心にも、すっかり影を落としてしまって、悪い母です」

佳世は哀しげな顔で言った。

「佳世殿と申されたな。まさか、駆け込みをしに参ったのではあるまい」

十四郎は、子供たちの足音が遠ざかるのを待って佳世に聞いた。

「はい。永い間あの人と別れることばかり考えて参りましたが、あの子たちのために、もう一度だけ辛抱してみようと……」

「その通りだ。子は母と父がいて幸せなのだ。もしも佳世殿が駆け込めば、あの子たちともしばらく別れ別れに暮らさねばならぬ。慶光寺では子供まで預かってはくれぬ」

「ええ、何のためにあの人の後妻になったのか、忘れておりました」

「後妻……」

十四郎は驚いてお登勢と顔を見合わせた。

「夫からは何も……」

佳世は怪訝（けげん）な顔をしてお登勢を見た。

「詳しいことは何も……栗塚様はただあなた様の駆け込みを何とか思いとどまら

せたい、その一念のご様子でした」

「……」

「他言は致さぬ。今後力になれるやもしれぬ。話してくれぬか」

十四郎は、佳世の顔を覗きこんだ。

佳世は大きく頷くと、

「あの二人の子は、姉の子供たちでございます」

俯(うつむ)いていた顔を上げた。

「姉の名は佳那(かな)と申しまして私とは三つ違い、三九郎様と一緒になって幸せを摑んだかに見えたのですが、貧しさに耐え兼ねたのか、日本橋(にほんばし)川に身を投げて果てました」

「何、身投げとな」

「はい。姉の苦労は、そもそもが三九郎様が武士を捨てたことによります」

佳世は小さい声で言った。だがその声には憤りがあった。

「浪人とはいえ武士は武士です。それを、三九郎様はあっさりと捨てたのです」

「ふむ。刀を捨てて筆を選んだ、そういうことだな」

十四郎の脳裏には、鶏の声を追っかけて、小箱を抱えて庭に飛び出していった滑稽なまでの三九郎の姿が浮かんでいる。

三九郎はあの時、人が変わったように庭を這(は)いずりまわり、虫眼鏡で鶏の羽を観察し、それを紙に写していた。

しかし、佳世の目には、険しい光が宿っていた。

その目を十四郎に向けたまま、佳世は言った。

「確かに、わたくしの父も浪人でございました。わたくしたち姉妹は、浪人の暮らしの苦しさも存じております。しかしその苦しさを甘んじて受け入れることができたのは、武門(ぶもん)の出であるという誇りでございました。いえ、絵師が悪いと申しているのではございません。武士を捨てずに絵を描いて下さればよかったのです。でも三九郎様は、ある日突然……ええ、突然です。鶏に魅入られたように夢中になって、暮らしのことも考えずに鶏の写生ばかりして暮らすようになったのです」

佳世の姉の佳那は、内職をしながら暮らしを支えていたのだが、僅かな家財道具も質に入れ、大刀まで売り払うことになってまもなく、入水(じゅすい)して死んだ。

この世でたった一人の姉を亡くした佳世の悲しみはむろんだが、姉が死を選んだ事情を知っていただけに、その日の食事にも窮(きゅう)して泣く幼い二人を見て、佳世は放ってはおけなくなったのである。

　佳世は義務感にかられて三九郎の後添えになった。

　ところが、姉の死で懲りたはずの、三九郎の金にもならない鶏狂いは少しも改まらない。

　佳世は三九郎に草花の写生をさせて扇子屋に持ち込んだ。

　意外と評判がよく、近頃では日本橋の扇子の店『宝屋』から暮らしに困らないだけの注文が来るようになった。

　ところが三九郎は、佳世のそんな苦労も、宝屋の主の温情も忘れたかのように、受けた仕事をほっぽらかして行方をくらますのであった。それが月に一度、家を空ければ四、五日は帰ってこない。

　帰ってくると、思いがけない大金を手にしていることもあるのだが、行き先も告げず、何をしに行くのかも言わない。

　宝屋の急ぎの仕事があってもお構いなし、佳世の心配にも耳を貸さず、子供を置き去りにして出かけるのである。

　行き先を聞こうものなら恐ろしい顔で、何も聞くな、誰にも言うなと言うばかり――。

「とうとう宝屋さんにまで、このまま勝手気儘をするのなら、栗塚の旦那には仕事は回せません……そう言われまして」

「それで駆け込みを考えられたのですね」

お登勢は念を押すように言った。お登勢の声音には同情が溢れている。

佳世は寂しげに頷いた。

「姉の代わりに手助けができるなどと、わたくしの思い上がりだったのです。でも今となっては、あの子供たちを置いて出るわけには参りません。あの子たちもわたくしが頼りです。それで、子供たちの手を引いて家を出たものの、結局さんざんに迷ったあげく家に戻ったのでございます。三九郎様には、けっして今後は黙って家を空けないようにと約束を取りつけました。それで今日、改めて夫がお世話をおかけしましたお礼に参ったのでございます」

「お話は分かりました。そういうことでしたら、もしもこの先、何か困ったことがございましたら、この橋屋においで下さい。わたくしも、こちらにいらっしゃる十四郎様も、お力になれるかもしれません」

お登勢はきっぱりと言う。

「ありがとうございます。恥をお話し致しましたが、千人力を得たような気持ちです」

　佳世はかたがた礼を述べ、

「これを、こちらの万吉さんに……夫から預かってきた物でございます」

　帰り際に筒にして持参してきた物を置いた。

「まあ……」

　お登勢は、筒を開いて驚嘆した。

　現れたのは、あの日、三九郎が庭で写生した鶏に色付けをしたものだった。

「ほう……」

　十四郎も目を丸くした。

　絵の中の鶏は、羽を広げて鳴いていた。

　天に向かって開けた口から鳴き声が聞こえてくるようだった。

「生きているみたい」

　お登勢は思わず呟いていた。

「今年口切りをした後昔だ」

　楽翁は『浴恩園』にある茶室の一つ『月下楼』で、客として招いたお登勢と十四郎に、秘蔵の茶を自らの手で点てた。

茶は、いいようのない深い味わいがした。

飲み切った後でも、茶の香りが鼻孔をくすぐり、優しい甘さが口に残った。

「結構なお点前でございます。本当に美味しいお茶でございました」

お登勢は、手をついて後昔を褒めた。

「老いを忘れるほど美味だと、あの茶師上林が申したのじゃ。是非にもお前たちに味わってほしいと思ってな」

小窓からさしこむ優しい陽の光を受けて、楽翁は微笑した。

「楽翁様、このお茶を万寿院様にもお渡ししたい、そうでございますね」

お登勢は顔を上げると、いたずらっぽい目で楽翁を見た。

「うむ、まあ、そんなところか……」

楽翁の顔には少年のような恥じらいが見える。

楽翁が、縁切り寺慶光寺を守っている万寿院を誰よりも案じ、心憎からず思っていることは、お登勢も十四郎も承知である。

ただ楽翁は、美味なる物が手に入ったからといって、そのたびに、自ら慶光寺に届けることは差し控えている。時には慶光寺に使いの者をたて、万寿院の安否を尋ねてはいるが、それとて人の目もあり、たびたびという訳にはいかない。

そこで時折こうして、お登勢や十四郎を屋敷に呼んで、万寿院の息災をそれとなく尋ねるのであった。

だから手に入れた美味しい御茶は、まっさきに万寿院にと思っているはずだとお登勢は思ったのである。

案の定だった。

ずばりお登勢に言い当てられて楽翁は狼狽していた。

かつて影の将軍とまで呼ばれ、改革を旗印にして、鉄の心で政を陣頭指揮していた筆頭老中の松平定信が、いま目の前で含羞の面持ちを見せる老人とは――。

お登勢はくすりと笑った後、先ほどから気になっていた待ち合いの掛け軸について尋ねた。

軸には雪折れの枝に寒椿、それを見つめる小鷹の勇姿の絵があった。

絵は墨絵だった。

「楽翁様のお筆によるものですね」

お登勢は感嘆の溜め息を吐いた。

「うむ。亡くなった応挙（おうきょ）に教えを受けたことがあってな。まっ、あれぐらいは描けなくては、応挙にあの世から叱られる。とはいえ、なかなか思うようには描けぬよ。わしはな、この浴恩園の庭に咲く花、遊ぶ鳥たちを残らず描き留めておきたいと考えているのだ」

楽翁は笑った。

確かに隠居してからの楽翁の趣味人ぶりはめざましく、絵を描くのもそのひとつで、近頃は名のある絵師が描いたといっても疑う者はいないほどの腕前だった。

「お見事でございます。小鷹の目が光を放っています」

十四郎も心底から称賛の声を発した。

「いやいや、わしもそう思っていたのだが、近頃鳥を描かせたら、このわしなど真似のできぬほど、技量ある絵を描く男がいることが分かったのだ」

楽翁は手にあった茶碗を置くと、突然二拍した。

茶室の路地に枯れ葉一枚、音を立てたかと思えたが、

「殿」

にじり口の外で声がした。

楽翁はにじり口に膝を向けると戸を開けた。

一人の家士が蹲って、二つ折りにした紙を捧げていた。

「ご苦労」

楽翁は紙を受けとると、静かに戸を閉め、お登勢と十四郎の前に、その紙を開いて置いた。

「これは……」

十四郎は、楽翁を見返した。

和紙には、細身の美しい、見たこともないような華やかな鳥が、頭を上げて飛び立とうとしている絵があった。

「この鳥は、まさか、鶏ですか」

十四郎が驚いて尋ねると、

「そうだ、鶏だ」

楽翁の目が嬉しそうに笑っている。

「鶏……」

「金鶏という。支那からやってきたものだ」

「まるで生きて飛び出してきそうな感じが致します」

「うむ。実はな、半年前だ。鶏舎からこの鶏が逃げ出して大騒動になったことがあった。なにしろ天下広しといえども、この鶏を持っている者は、将軍家の他にはない。大慌てで金鶏を追うことになったのだが、手荒なことをして傷をつければ鶏は命を失う。家来たちが散々追っかけ回した末に見つけたのは、表門を出ていくところだったらしい。ところがそこに、助っ人が現れてな。懐から餌を出して難なく捕まえてくれたのだ」

「十四郎様……」

お登勢が驚いた顔を向けた。

楽翁は話を続けた。

金鶏を捕まえてくれたのは、よれよれの着物を着た貧乏絵師だったという。

その絵師が、是非にも珍しいこの鶏を描かせてほしいと家来たちに懇願した。大切な鶏を捕まえてくれたのである。

家士から報告を受けた楽翁は、貧乏絵師の申し出を承諾してやった。

「その日の夕、貧乏絵師が描いたという一枚が、わしの手元に持ち込まれた。それがこれだ」

どうだ、見事な筆捌きであろうと、楽翁は言わんばかりの顔をしてみせた。

「お登勢、十四郎、これこそ生きておる絵だ。わしが写生にこだわるのも、生きている絵を描きたいためだが、いつだったかわしは、京の絵師、伊藤若冲（いとうじゃくちゅう）の鶏の絵を見たことがある。圧巻（あっかん）だった。若冲に比べれば、この絵はまだ荒削りだが、しかし若冲に匹敵する力強さがある。この者は末は大物になるぞ。今頃どこにいるのやら末が楽しみじゃ。家士から聞いたその者の名は、たしかクロウだとかなんとか言っていたような気がするが、今となっては定かではないのだ」

「楽翁様」

十四郎は、楽翁の目を捉えて言った。

「その者の名でございますが、三九郎ではございませんか」

「おお、そうかもしれぬ、そうだ、三九郎だ。しかし十四郎、お前はどうして知っておる」

楽翁は怪訝な顔をした。

「はい。実を申しますと、つい先日、橋屋でちょっとした騒動がございまして……」

お登勢は横合いから、橋屋を騒がせた不審な男、栗塚三九郎の話をした。

その三九郎が宿で描いた鶏の絵が、あまりに見事な絵で、人は見かけによらぬもの、どんな才能を秘めているか分からないものだと、皆の話題になっていたところだと告げた。

「そうか……しかし絵に魅せられた男というのは、まあ、そういうものかもしれぬな」

楽翁は妙に納得したように相槌を打って苦笑した。

「とはいえ、哀れな男よのう」

独りごちた。

その声音には、貧乏絵師を案じる好々爺（こうこうや）の姿があった。

「御意（ぎょい）……」

十四郎は静かに頷き、楽翁を見返した。

四

「藤七、いるのか」

十四郎は薄闇の小屋の中を見渡した。

「こちらでございます」

むくりと破れ窓の際で黒い影が動いた。

藤七だった。

藤七は、ちらと視線を投げただけで、すぐにその目は窓から見渡せる一軒の隠居家の木戸門を見据えている。

場所は向島（むこうじま）の長命寺（ちょうめいじ）と諏訪（すわ）明神（みょうじん）に挟まれた寺島（てらじま）村の堀端である。

隠居家は主を失って久しい廃屋で、藤七が張り込んでいる小屋は、桜の花見時に団子屋が店を出す仮の店舗だと聞いている。

雨露を凌ぐだけの簡素な作りだが、藤七はこの小屋で三日前から、橋屋の若い衆とかわるがわる張り込んでいる。

事の始まりは、鶏に魅せられた絵師、栗塚三九郎の妻佳世が、改めて橋屋に駆け込んできたからだった。

それは、四日前のことだった。

佳世は離縁のためではなく、夫の三九郎を助けてほしいと駆け込んできたのであった。

「あやしい人たちが夫を迎えにきたのです。今まで、わたくしの知らない所に夫を連れていっていた人たちです」

佳世の話によれば、二度と人にも言えない内緒の外出はしないと約束をとりつけていたにもかかわらず、その日佳世が扇子の宝屋から注文を貰って帰宅してみると、家の中で見知らぬ人の声がした。

声は男で、腰高障子の向こうから聞こえてくる。恐ろしく脅迫めいた言葉から、佳世は家にも入れず、凝然とそこに佇んだのである。

男は、押し殺した声で夫に言っていた。

「言うことを聞かなければ、罪科で泣くのはお前の内儀と子供たちも一緒だ。そうだろう、もはや、お前だけではすまぬわ」

「しかし、もう約束は果たしたはずだ。二度と誘わないでくれ、あのお方にもそう伝えてくれと申したではないか」

苛立つような夫三九郎の声が聞こえた。

だが相手の男は、

「恩ある人にその言い種はなんだ。もう一度だけお受けしろ。これが最後だ」

有無を言わせぬ声でそう言うと、

「明日迎えにくる」

恐ろしげな声で念を押し、長屋から帰っていったのである。

佳世はその男が浪人だったとも告げた。

「お話は分かりました。どうやら栗塚様お一人の力ではどうにもならないような気が致します。これも乗りかかった船。十四郎様、藤七、よろしくお願いします」

お登勢のその言葉で、十四郎と藤七は、佳世が橘屋に助けを求めてきた翌日に、三九郎を迎えにきた浪人二人と、その浪人二人に吸い寄せられるようについていく三九郎の後を尾行したのであった。

その一行が潜り込んだのが、いま二人がいる小屋から見える隠居家だった。

その家は、月明かりの中に浮かび上がるように建っていて、不気味な佇まいを見せている。

三九郎たちが隠居屋敷に入ったのは三日前だが、中は鳴りを潜め、人の出入りもない。

浪人二人と三九郎は家に籠もったままだった。

「どうだ、様子は……相変わらずか」

十四郎は懐から温石(おんじやく)と竹皮に包んだ握り飯を出し、藤七の膝に置いた。

「いえ」

藤七は窓の外を見詰めたまま、膝の物を確かめるように手を添えると、

「動きがございました」

静かに言った。

「何……」

「夕刻に覆面をした立派な武家が入りました。まだ出てきてはおりません。中にいるはずです」

「いよいよ黒幕のお出ましか」

「出てきましたら尾けてみようと思っていたところです」

「よし、そういうことなら猶予はない。すぐにその弁当を食べろ。お登勢殿のお手製だ」

「ありがとうございます。それじゃあ」

藤七は十四郎と体を入れ替えると、温石の袋を頬に当て、

「温かい……お登勢様はいつもこうです」

藤七はしみじみと言い、今度は手探りで握り飯を摑み上げると、一気に頬張った。

「おお、忘れていたぞ。酒だ。これもお登勢殿の手配、風邪でもひいてはたいへんだと言ってな。体が温まるぞ、一杯やれ」

十四郎は腰にぶらさげてきた竹筒を引き抜いて、藤七の面前に突き出した。

「そういえば、十四郎様」

藤七は、酒の入った竹筒を手にして何かを思い出したようである。

「今日の昼過ぎのことですが、酒屋が柳樽を二つ、運び込みました。それで、出てきた酒屋を呼び止めまして、いろいろと聞いてみましたところ、あの家は、数年前までさるお武家の別荘だったのだと言っていました」

「ふむ」

「当時は下男が通いでやってきていて、家の管理をしていたようです。しかし、その下男も来なくなって今では空き家同然、入ろうと思えば誰でも入れるのだと言っておりました」

「家の持ち主の名は分からぬか」

「はい。ただ、今あの家で何が行われているのか、それはおぼろげながら分かりました」

「何……酒屋はなんと言ったのだ」

十四郎は、前方の家の庭に微かに灯の光が動いたのを見定めていた。移動していったところを見ると、手燭(てしょく)の蠟燭(ろうそく)の明かりかと思われた。

「酒屋が酒を持っていったのは台所ですから、そこから奥の部屋までは襖や屏風があり、はっきりとは見えなかったらしいのですが、台所に汚れた絵皿が幾つか置いてあったと言ったのです。栗塚様は絵を描かされているようです」

「藤七」

十四郎は藤七の声を制した。

木戸門に提灯の光が一つ出てきたのをとらえていた。

「十四郎様」

藤七は傍に寄って光を確かめると、

「尾けてみます。後の見張りをお願いします」

食べかけの弁当を十四郎の手に渡すと、えりまきを頬かぶりにして、静かに外に出た。

まもなく、藤七は、肩を竦めて闇の中に消えていった。

「絵師を監禁?」

北町奉行所吟味方与力の松波孫一郎は、焙烙鍋に伸ばしていた手を引っ込めると、十四郎の顔を見た。

「そうです。確かな腕を持つ絵師です。その者の腕を利用しようとして監禁する。監禁するのは四、五日です。仮にそんなことが起こったとして、どんな状況が考えられるかと思いましてな。松波さんにお聞きしたい」

十四郎は、手にある盃の酒を飲み干して、松波を見返した。

先ほどここに来る前に、お登勢から三九郎が解放されたという話は聞いている。

今朝になって籠もっていた屋敷を三九郎は浪人と一緒に出てきたらしい。

そこで橘屋の若い衆が、三九郎を尾けたところ、まっすぐ家に帰ったということだった。

浪人の方は、先夜覆面の武士を尾けていった藤七が、後を追ったと聞いている。

だが、覆面の武士の帰り先も浪人の行き先についても、お登勢も十四郎もまだ何も聞いてはいない。

ただ、案じられるのは栗塚三九郎の今後であった。このたびまでは無事に家に帰されたが、この先も同じような目に遭う不安はある。

「塙さん。仮の話だと言ったが、よほど気になる事態のようですな」

松波は慎重に聞いてきた。何かにひっかかった、そんな顔をしている。

しかし十四郎は、今度ばかりは事の次第がはっきりするまで、三九郎の名は出せないと思っていた。

もしも罪あることに三九郎が荷担していれば、松波にしゃべったことで、その時より、三九郎はお縄の対象になる。与力として松波は放ってはおけなくなるからだ。

しかも、そうなった時の佳世母子の嘆きを考えると、軽々にはすべてを吐露して相談するという訳にはいかなかった。

「うわー、綺麗。見てごらんなさいまし、漁り火が……」

突然隣の部屋から感嘆の声が上がった。

どうやら、永代橋下の河口あたりから佃島にかけて、白魚漁が始まったらしい。

白魚漁は船に篝火を焚いて漁をする。水上に燃える火と水面に映る火の光は幻想的で、十四郎なども何度見ても胸が締めつけられるような郷愁を覚えるのである。

見飽きるということのない光景だった。

――ふむ……。

十四郎は頭の中で、漁り火が織りなす光景を想像して、ちらと隣の座敷にいる人たちの顔ぶれに思いを馳せた。

十四郎たちがいるのは、『三ツ屋（みや）』の小座敷である。

日頃の松波の助力に礼をしようと寺役人の近藤金五（こんどうきんご）が言い出して、日暮れから三人は座敷に上がって、三ツ屋の料理に舌鼓（したつづみ）を打っている。

「いや、たとえばの話なんだが……」

十四郎は我に返って松波に聞き直した。

「塙さん」

松波は、再び焙烙鍋に箸を伸ばしながら、

「仮定の話だとしよう。しかし、あまり穏やかな話ではないようですな」

きらりと見た。

焼き海老の尻尾を持って摘（つま）み上げると、くるりと殻を剝（む）き、柚子（ゆず）をかけて頰張った。

金五はというと、先ほどから黙々と食べ、手酌でどんどんいっている。金五にはお登勢が話をしてあるはずだが、駆け込みではないから、しらんぷりを決め込んでいるらしい。

十四郎も焙烙鍋に手を伸ばして、

「松波さん、たとえば贋作づくりとか、そういうことですか、考えられるのは……」

「いや、絵の贋作を四、五日で描くのは無理でしょう。模写する仕事を見たことがありますが、そりゃあ使う神経もたいへんなものらしい。贋作は、そうたやすくできるものではありませんよ」

松波は否定した。

「贋作でないとすると……」

十四郎が松波の顔を見ると、松波は少し思案したあとで言った。

「あぶな絵ということはあるでしょうな」

「あぶな絵ですか」

「ご存じだと思いますが、女の肌を露骨に見せ、男との交わりを卑猥に描く絵のことです。今までにも取締まりはたびたびしてきたのですが、消えたかと思うと、またどこからともなく出てきます。奉行所とのいたちごっこを繰り返しているのです……つい先日も、大道で似面絵を描いていた絵師に奉行所は目をつけていたのですが、こちらの動きが読まれたのか殺されました。証拠湮滅というところです」

「松波さん、ひょっとしてその者は、両国橋の袂で店を張っていた才蔵という男ではありませんか」

十四郎は、ふと思い出して言った。

「そうです。才蔵です」

「才蔵は袈裟懸けに一刀で斬られていた。殺ったのは武士だ」

十四郎は険しい顔で言う。

「そのようです。それだけに始末が悪い」

松波も苦々しい顔で相槌を打った。するとそこへ、

「お待たせ致しました。鱈汁をお持ち致しました」

三ツ屋を任されているお松が、女中に美しい椀を運ばせて入ってきた。

「おだしは昆布だしです。おすまし仕立て、蛤と赤目芋が入っています」

お松が説明すると、その後ろからお登勢が現れ、

「お芋は京では棒鱈と一緒に炊きます。板前さんにお願いして別立てで煮含めたものを椀の中に落としてあります。体が温まります」

椀が皆の膳に載るのを見ながら、説明した。

「お登勢殿、どれを頂いても美味しいが、先ほどの包み玉子は、美味しかった」

松波が椀の蓋を取りながら、お登勢にほほ笑んだ。

「ああ、あれは茶巾卵と申します。茶巾にした和紙に生卵を割り入れましてね、紙縒りで紙の口を締めて崩れぬように茹で上げます。そうして出来上がった熱々の卵の茶巾に薄葛をかけ、青海苔をふったものです」

「ほう……頃よい柔らかさ、味も優しかった」

「ありがとうございます」

やり取りをしている間に、お松は酒のお代わりを聞き、女中を連れて退出していった。

するとお登勢は、笑みを解いて、

「松波様、ひとつお聞きしたいのですが、脅迫されて絵を描いていたとして、その人は重い罪に問われますか、そんなことはなさいませんよね」

神妙な顔で聞いた。

「やはり、何かあるようですな……まっ、それはいいとして」

松波は苦笑して、ぐいと盃を傾けると、その盃を膳の上に置き、お登勢に言った。

「本当にその者が脅されてやっていたかどうかでしょうな。軽いお仕置ですむ場合もあれば、遠島という場合だってある。なにしろあぶな絵はご禁制の代物です」

「俺も聞きたいが……」

その時、横合いから金五が言った。金五の目は、もはや赤く染まって、ゆらゆらと揺れているようだ。

「だいたい、その取締りというやつは、絵を作って世に流した者たちだけなのか……それとも何か、その絵を持っている者はどうなる」

「それは、専ら制作した者たちが対象ですから」

「そうか、そうだよな」

金五はほっとした顔で苦笑した。

「金五、おぬし、あぶな絵を求めたことがあるな」

十四郎の声は、諫めるようなからかうような声だった。

「いや、一枚だけだ」

金五は頭を掻いた。

「呆れた人」

お登勢が睨んだ。

「そんな軽蔑の目で見ないでくれ。半月ほど前に、久しぶりに顔を出した道場で金を貸していた男に会ったのだ。そしたらそ奴、もう少し待ってくれと言い、その代わりにと言わんばかりに、俺の懐に一枚の絵をねじこんでいったのだ。俺はあぶな絵とは知らなかった。ところが、諏訪町の家に帰った時、着替えをした後で千草が血相を変えている。道場で根性を叩き直してやるなどと言うのだ。それでなにごとかと思ったら、あぶな絵が懐に入っていたと……俺は散々な目に遭ったんだ」

金五は腕をめくって、黒くなった打ち傷を見せた。

思わず一同は、笑った。

「近藤様、でも処分なさったのなら、破棄されたのなら、そんな心配はいらなかったのではございませんか」

お登勢はぴりりと七味を効かせたように容赦がない。

「まあそうだが……珍しいものだからな」

「ほら、ごらんなさいまし」

お登勢と金五のやりとりに、十四郎も松波も苦笑した。

千草の前で、おろおろする金五の姿が見えるようだ。

それにしても、鶏の絵を描くことだけが生き甲斐のような三九郎に、いかがわしい仕事が長続きするはずもない。

――三九郎が恩義ある人とは、いったい……。

十四郎の脳裏に、無心に鶏を描く三九郎と、そのむこうに苦悩する三九郎夫婦の姿を冷然と見下ろしている男が見える。

「ごめんくださいまし」

その時だった。

藤七が入ってきた。藤七は敷居際に膝を揃えると、

「十四郎様、お知らせが遅くなりました。いろいろと調べていたものですから……それで、まずあの武家でございますが、お名が分かりました」

藤七は、弾んだ声で言った。

「うむ」

「御先手御鉄砲頭、由良美濃守高愛様、一千石のお旗本でございました」

「一千石の旗本だと……」

「はい。お屋敷は本所にございました。御竹蔵の東側です」

「由良高愛……」

松波がふっと何かを思い出したように呟くと、ちらと十四郎に視線を送った。

だが金五は、

「松波さん、今度の話は駆け込みではない。聞かぬふりをしてもらって結構。なにしろ、お登勢と十四郎は酔狂なところがある。抱え込まなくてもいい話に首を突っ込むのだ。お陰で俺が迷惑しているくらいだからな」

赤い目を据えて、にやりと笑った。

「十四郎様……」

藤七は口元に笑みを置いたが、すぐに話を続けた。

「あの浪人たちも、まっすぐ由良様のお屋敷に入りました」

「うむ」

すると、金五が横合いからまた言った。

「それならなおさら、もうよせ。一千石の旗本が相手では、歯がたたんぞ」

「いえ、由良様の正体を知っているかもしれない、願ってもないお人を突き止めました」

藤七は金五にそう言うと、その顔を十四郎に向けて告げた。

「なんとか協力してもらえるよう手を尽くしております。今しばらくお待ち下さいませ」

五

「さる所にご案内します。一緒についてきて下さいまし」

藤七が十四郎の長屋に顔を出したのは、数日後のことだった。

三ツ屋で報告を受けてから、十四郎は藤七に一度も会ってはいない。

「何をしていたのだ、藤七。待っていたぞ」

十四郎はすぐに刀を摑んで土間に下りた。

「申し訳ありません。これまでの話は歩きながら致します」

藤七の口ぶりには、ここ数日の自分の調べに、何か一つ確かなものを得たという確（かく）たるものが見える。

藤七は十四郎の長屋を出ると、同じ米沢町にある唐和薬種問屋（とうわやくしゅどんや）『松本屋（まつもと）』の前で立ち止まった。

「すみません、頼んであった薬を貰ってきます」

十四郎を表に待たせて店の中に入り、すぐに薬の袋を抱えて出てきた。

「どこか具合でも悪いのか」

十四郎は、普段と変わらぬ顔色に見える藤七に、それでももしやという思いで聞いてみた。

「いえ、私じゃございません。これから会いに行く人が病んでいましてね。先日一度、こちらの唐渡りの薬を持っていきましたら、随分と良くなったと言われました。それで今日もう一度と思いまして……」

「そうか……そういうことだったのか」

「断っておきますが、けっして話を聞き出したい下心だけでしているのではございません」

「分かっている。お前がどのような人間か、俺は、そうだな、お登勢殿の次に知っているつもりだ」

「はい、ありがとうございます」

　藤七は苦笑してみせると、

「十四郎様に会っていただくのは、かつて、由良様の屋敷で下男奉公をしていた時蔵という人です。三十年以上もの長きにわたるご奉公だったようですが、今は暇をとって神田堀沿いの亀井町の裏店で臥せっております」

踏み出した足元を見詰めながら、静かに切り出した。

冬の陽射しはぼんやりと白く、大通りに出ると身の引き締まるような寒さが風とともに襲ってくる。

十四郎は、藤七に歩調を合わせながら耳を傾けた。

藤七がその時蔵とやらに聞いた話によれば、栗塚三九郎の父忠左衛門もまた浪人だったが、菊づくりの名人で、栽培した菊の鉢植えを薬研堀で売っているところを、由良高愛の父、由良高次の目に留まり、由良家の足軽として迎えられた。由良高次は大の菊好きだったのである。

当時忠左衛門には妻と男子がいて、家族は由良家の菜園の傍にある馬小屋だったところを改築してあてがわれていた。

「その、忠左衛門様のお子が、三九郎様だったのです」

藤七は立ち止まって言った。

「ほう……」

十四郎も立ち止まって、顔を上げた藤七を見て相槌を打った。

藤七は、また歩を進めながら、言葉を継いだ。

三九郎は当時八歳だった。父親について菊畑に出、花や虫や鳥を見るのが好きだった。

住まいが昔馬小屋だったことで、由良家の息子たちから苛められたが、三九郎にとってはその頃は父も母も傍にいて、一番幸せだったに違いない。

畑の隅で、由良家の息子たちに苛められた三九郎が泣いているのを、下男だった時蔵はたびたび見ている。

だがそのたびに母親の久味は、

「少しも恥じてはなりませぬ。お父上のお仕事は菊づくりです。立派な菊をつくって、美しい菊をつくって、珍しい菊をつくって、殿様のご出世に少しでもお役に立てるよう心を尽くしているのです。そのことさえ胸にしっかりあれば、何を言われても堪忍できます。拾っていただいた殿様のお気持ちに感謝して過ごすことです。このご恩はけっして忘れてはなりません。いいですね」

三九郎に言い聞かせていた。

しかし、その母も風邪をこじらせて、三九郎が十一歳の頃に死んだ。

しばらく父親と二人暮らしが続いたが、その父親も、三九郎が十五歳の頃にぽっくり亡くなると、三九郎は追い出されるようにして、由良家を出た。

その後については、時蔵の脳裏から栗塚一家のことは、忘れられていたらしい。

だがその時蔵が、向島の別邸の掃除を三年前まで任されていたことを藤七が知ったのは、長命寺の下男で治助という男から聞いたことがきっかけだった。

「時蔵さんは、栗塚様は由良家を出た時に由良家との縁は切れたはずだと言うのですが、どうも歯切れが悪いのです。時蔵さんは三年前まで、向島の別邸の管理に通っておりましたからね。何か知っている……私はそう踏んでいるのですが、相手が病人では問い詰める訳にもいきません。これ以上訪ねても無駄かもしれないと思っていたところ、娘さんから使いが来たのです。父親が会いたいと言っていると……」

藤七は、亀井町の味噌屋の横の木戸口の前で止まった。

「この長屋です」

木戸の奥を指す。

その時、長屋の中ほどの一軒の戸が開いて、盥を手にした細身の四十前後の女が出てきて、井戸端に立った。

乾いた音を立て、井戸に桶を落としている。

「あの人が時蔵さんのたった一人の娘さんでおさつさんです。一度嫁にいったらしいのですが、離縁されて戻ったようです。今は父親の看病に明け暮れているようです」

藤七は心細げな娘の横顔に視線を向けながら言い、

「参りましょう」

十四郎を促して、木戸の中に足を踏み入れた。

するとすぐに、時蔵の娘が藤七に気づいたようで、釣瓶に手をとられたままで、上半身だけ捩じって深々と頭を下げた。

「おとっつぁん、藤七さんですよ。またお薬を持ってきて下さいました。おとっつぁんからもお礼を申し上げて下さい」

おさつは父親の耳元で大声を上げ、急いで父親の体を起こそうとした。

「いてて」

時蔵は苦痛に耐え切れずに叫ぶ。

「おさつさん、そのままでいいから」

藤七が制するが、おさつは力任せに時蔵の半身を起こし、すぐにその背に別の布団を持ってきて丸めてつっかい棒にした。

「おとっつぁん。こちらは塙十四郎様とおっしゃいます。藤七さんのいる橘屋のお仕事を助けていらっしゃるお方のようです」

　おさつが言い終わると、

「お呼び立てして、申し訳ありません」

　時蔵は、もと武家屋敷の下男らしく慎ましい態度で挨拶をした。

　だが言葉のひとつひとつに力がなかった。

「病気で倒れてから、少し言葉が聞き取りにくくなりました。それもあって人様とお話しするのは苦手なんです。でも、まだ大事なことを藤七さんには話していない……このままじゃ死にきれないなんて言い出しましてね」

　おさつは言いながら、白い湯気の立つ茶碗を出してくれた。

　手にとると温かかったが、茶碗の中にはお茶ではなく白湯(さゆ)が入っていた。

　暮らしは貧しいようである。だがおさつの心は十四郎の胸に静かに伝わってきた。

「こ、これを……」

　時蔵は枕元から二つ折りにした赤茶けた紙を取り出した。

　紙は半紙だった。

　その紙を開くと、鶏の絵が飛び込んできた。

菊の花の傍で空に向かって鳴く鶏が描いてある。拙い線だが、力強く、羽の一枚一枚にも生気があった。

「これは……」

驚いて時蔵を見上げた藤七に、

「少年の頃の三九郎さんが描いた絵でございます。昨日おさつが昔の紙箱の中から見つけまして……この絵は、三九郎さんが屋敷を出ていく時に、私に下さったものです。あの時の悔しそうな顔を思い出しましてね、私は目が覚めました。誰にも話さずにあの世に持っていこうと思っていたのですが、このままだと三九郎さんが可哀相すぎる。私は死んでも死に切れません」

時蔵は、おさつが差し出した白湯を、ごくりと飲んだ。

悩める目でその手元を見詰めている様は、時蔵がいかに心を痛めていたのかが分かる。

息を詰めて次の言葉を待つ十四郎と藤七に、時蔵はちらと視線を送ると、湯のみをおさつに返し、重い口調で切れ切れに語ったのである。

三年前のことである。

時蔵が由良家から暇をもらう直前のこと、由良家の当主高次が卒中で倒れ、急ぎ子供たちが枕元に呼び集められた。

高次には、子が三人いた。

嫡男の高愛、養子にやった次男の高興（たかおき）、そして外の町屋にいた妾（めかけ）の腹に出来た娘が一人、その子供たちと最期の別れをさせてやりたいと用人（ようにん）が考えたのである。

ところが、高興と娘はすぐに飛んできたものの、肝心の嫡男高愛の姿がどこにも見えなかった。

高次の容体を診ていた医師は、一刻を争うと言い出した。

用人は家士の者たちに、八方に手を尽くして高愛を捜すように言いつけた。

下男の時蔵も高愛の所在をつき止めるようおおせつかった。

散々に心当たりを捜した揚げ句、ふと時蔵が思いついたのが、向島にある別邸だった。

その頃にはもう空き家同然だったが、時蔵はそこの管理も任されていた。

いつだったか時蔵に、別邸が使えるかどうか高愛が尋ねたことを思い出したのである。

時蔵は別邸に走った。

やはり木戸門を押すと難なく開くではないか。

「若様」

別邸に走り込んだ時蔵は、座敷の戸を開けて立ち尽くした。

部屋の中には、裾を乱し白い胸をさらけ出した、まだ若い武家の妻女が乱れた髪を掻きあげていた。

傍に高愛が、まだ興奮した表情で妻女を見詰めていたところを見ると、今ここで何が行われたのか時蔵には察しがついた。

高愛には若党（わかとう）か中間（ちゅうげん）が常に供としてついているはずなのに、その者たちの姿はなかった。

行う行為が行為なだけに、遠慮させられたに違いなかった。

高愛は、ふてくされたように胡坐（あぐら）をかくと、

「時蔵、何の用だ」

平然と言った。

「殿様がお倒れになりました。すぐにお屋敷にお戻り下さいませ」

時蔵は、正視に耐えない若い妻女の、沈んだ気配を肌でとらえながら告げた。

「分かった」

高愛は立ち上がった。だが行きかけて、

「ううっ……」

畳に泣き崩れた妻女を振り返ると、大股に近づいて腰を落とし、その妻女に言ったのである。

「そなたが美しすぎたのだ、許せ……いいか、このこと他言せぬように……亭主の三九郎にもだ」

——三九郎！

時蔵は、思いがけない人の名を聞いたのである。

——すると、この目の前にいる妻女は、三九郎さんのご新造ということか……。

驚いて聞き耳を立てていると、

「まさか、こんなこととは知らずに……高愛様、あなた様はわたくしに三九郎を助けてやりたいとおっしゃいました。それでこのわたくしにここに参れと……」

妻女は、押し殺した声で言った。

声は小さくても、恨みの心がその声音には溢(あふ)れていた。

だが高愛は、冷ややかに笑ってみせると、

「どうあれ、そなたは俺と不義をした。そうであろう」

「いいか、そなたが心配したところで、もうどうにもならぬよ。三九郎の手はすでに汚れてしまっている」

「騙したのですね、私を……」

妻女はきっと見た。

「くれぐれも言っておく。亭主の仕事に口を出すでない。そなたがこれ以上、この俺と縁を切るように亭主に勧めたその時には、ばらすぞ。そなたの肌がどのように素晴らしかったのか……ん」

「高愛様、卑怯！」

声を殺して叫んだ妻女を、高愛は見下ろすようにして立ち上がると、

「帰る」

時蔵に告げ、足早に部屋を出ていったのである。

時蔵はそこまで十四郎と藤七に告げると、苦しそうな顔を向けた。

「その妻女というのが、三九郎殿の妻、佳那殿だったのだな」

十四郎は念を押した。

「はい」

「高愛様……」

時蔵は神妙に頷くと、

「まさかと目を疑う光景でしたが、それよりも、高愛様がお帰りになった後のご新造様の泣き声は、今でも私の耳から消えたことがございません。私は身投げでもするんじゃないかと案じまして、家まで送ってさしあげましょうと申しましたが、ご新造様は首を横に振りました。日本橋川に身を投げて死んだと聞いたのは、だいぶ後になってのことですが、原因は高愛様とのことにあったに違いありません。なすすべもなく帰してしまった私は、ずっと罪を背負ってるような心地がしておりました」

時蔵は太い溜め息を吐いた。

十四郎は、その細い肩を痛ましい思いで見た。

「時蔵、三九郎殿のお内儀は、高愛に凌辱（りょうじょく）を受けたその時から、死を覚悟していたに違いない。お前にどう慰められようと、受けた恥辱が消えるものではない。図らずも犯してしまった夫への裏切り、武門の妻として佳那殿が自身を許せるはずもない。死は佳那殿らしい決着のつけかただったのだ。ただ……」

十四郎はそこで言葉を切った。

「ただ……」

時蔵が縋るような視線を十四郎に向けた。

「俺が思うに、武家の妻女として自刃して死ねば、三九郎殿はその原因を突き止めねばならぬ。しかし入水ならば、世間はまさか凌辱(りょうじょく)を受けて死んだとは思うまい。暮らしの貧しさを厭(いと)うあまりの死かとも思う。佳那殿は、夫の苦しみを考えると、真相を世間に悟られぬよう黙って死ぬしかなかったのではないかな。哀れな話だ」

十四郎は言いながら、ふつふつと怒りが湧いてくるのを覚えていた。

先ほどから三九郎は、口を引き結んで身動きひとつしていない。

三ツ屋の二階は、十四郎やお登勢のいる小座敷以外に客はなく、ひっそりとしていた。

聞こえてくるのは大川に餌を求めて飛んできた渡り鳥の鳴き声ばかり。そのどかな鳥たちの情景を頭の隅でとらえながら、一方では、吹き荒れる胸の嵐を、激しい息遣いでかろうじて押さえている三九郎の姿を、十四郎もお登勢も固唾(かたず)を呑んで見守っていた。

お登勢は有無を言わさずこの三ツ屋に三九郎を呼び出して、由良高愛の悪に荷

担するなと、あぶな絵にかかわる身の危険を説いたのだが、

「なんのお話か……私は父の代から恩ある人に義をもって返したい、そう思っているだけです。亡くなった父の遺言だったのです。その恩義を忘れるなと……」

一向に効き目がない。

「しかし、おぬしは、親父殿が亡くなられてすぐに、屋敷を追い出されたというではないか」

十四郎が畳みかけたが、

「いったいあなた方は、そんな話をどこから聞いてこられたのか」

三九郎はまだ疑いの目を向ける。

かつての主に恩義で報いなければというその一点に、三九郎は凝り固まっていた。

剣を持つより鶏に興味のある三九郎は、愚直なまでにそのことを守ることで、かろうじて武家としての体面を取り繕おうと思っているのかもしれなかった。

武士を捨てて絵師の道を選んだというのに……。

業を煮やした十四郎は、由良家の下男時蔵の名を出した。

「時蔵は生きているのか……まだ元気でいたのか」

懐かしそうに三九郎は言った。だがすぐに、なぜ時蔵の名がこの場に出てくるのか、訝しい目で十四郎を見たのである。

「おぬしが俺の忠告をすんなり聞いてくれたなら、この話、伝えずにおこうかと思ったのだが、そうもいかぬようだな。それに、このまま黙って死ぬ訳にはいかぬと吐露した時蔵の思いもある。おぬしにとっては青天の霹靂、苦しむだろうがあえて伝えておく」

十四郎は苛立たしい思いで言った。

そう、三九郎の先妻佳那の死の原因を語って聞かせたのである。

「まさか……嘘だ」

三九郎は絶句した。

衝撃の大きさは、蒼白になって沈黙しているその姿に見てとれた。

三九郎は言葉を失ったようである。

十四郎は、長い沈黙から助け出すように静かに言った。

「それがあの男の正体だ。忠義の心は人として忘れてはならぬ道だが、由良高愛という御仁には、そんな道理は無用だ。それどころか、忠義心を利用して、おぬしを悪の道に引きずり込んでいる悪人だ。決別しろ、もう決して由良に近づくな」

十四郎が言い終わるや、三九郎は立ち上がった。

ふらりと体が揺れ、三九郎は畳を踏み締めるようにしてかろうじてその体を支えると、突然外に飛び出していったのである。

「待て！」

十四郎の制止も聞かずに、三九郎は三ツ屋の階段をかけ降りる。

その激しい音に、

「十四郎様……」

お登勢が痛ましそうな顔で頷いた。

「うおー！」

三九郎の叫びが聞こえた。

十四郎は部屋を飛び出した。

「栗塚殿……」

十四郎は三ツ屋の近くの大川縁で、両膝をつき、拳で冬枯れの土手を打つ三九郎を見た。

三九郎は泣いていた。

風は冷たかった。川を渡ってきた風が吹きつける。

十四郎は土手に佇み、しばらく三九郎を見守っていた。

まもなく三九郎は顔を上げて、前方に流れる大川を見た。

三九郎はしかし、妻が入水する前夜、妻の異変に気づいていたのである。

あの晩、佳那は幼い子の枕元から離れようとしなかった。

我が子の頭を撫で、頬に触れ、掌を広げてその感触を確かめるようなしぐさを繰り返していた。

三九郎は、灯の光に浮かび上がるように見える妻の透き通った肌に愛しさを覚えたが、妻は朝までついに三九郎の横に来ることはなかった。

いささか子供たちに心をとらわれ過ぎではないかと思って見ていたその振る舞いが、かつての主家の人間に凌辱されたことによるものだとは、三九郎はつゆほども知らなかったのである。

　自身の腕の中だけの女であるはずの佳那が、よその男の腕の中にいたなどと、どう考えても信じられるものではない。

とはいえ、佳那は死んだ。それも自ら命を絶ったのである。それが、今思えば、凌辱されたというなによりの証拠だと思った。

──佳那の敵を討ってやらなければ……。

そこに思いが及んだ時、三九郎の涙は止まった。

冬枯れの荒野で一人寒風にさらされているような、そんな心境に三九郎は立たされていた。

「栗塚殿……」

十四郎がゆっくりと近づいてきた。

「時蔵の手にあったものだ」

十四郎は、あの鶏の絵を差し出した。

三九郎は、十四郎の視線を避けるようにして、目を伏せたままその絵を取ったが、頬には驚きの色を隠せなかった。

食い入るように見詰めていたが、

「思い出の絵です」

ぽつりと言った。

「ふむ……」

「この絵にある菊の花の名は『万華』といいます。私が十一歳の時に亡くなった母の大好きな菊でした。咲き始めてから枯れるまでの間に、白から黄色、黄色から赤へ花の色が変わります。しかも花びらは花火が開いた時のようでした。母が亡くなった時、私はすぐにこの花を描き残しておこうと思ったのです」

「十一歳の子供にしては見事な絵だ、信じられん。しかしおぬしは、よほど鶏が幼い頃から好きだったとみえるな」

「この鶏は私です」

「何……」

「母の死を信じられなくて、私が菊畑で泣いているのです」

「……」

「ひよこの時に時蔵からもらって育てた鶏です。当時時蔵は、庭の片隅で数羽の鶏を飼っていました……」

その小屋に三九郎は毎日観察に行っていた。

感心した時蔵は、一羽のひよこをくれたのである。

ひよこのうちは籠で飼ったが、鶏に成長すると、住居にしていた小屋の前で放し飼いにした。

母によく懐いて菊畑についていくその鶏を、母は三九郎にそっくりだなどと言い、三九郎の名をもじって「みく」という名をつけていた。

「母には、命の大切さを教えられました。この世に生きとし生けるもの、ひとつとしていらぬ命のないことを……」

「……」

「この世で憎むべきは、邪心をもって物の命をとることだと……」

「……」

「間違っても、悪に手を染めてはならぬと……」

「ご立派なお母上だ」

十四郎も、亡き母の顔を、ちらと思い出していた。

「その優しい母が死んだことを理解できない私は、鶏に姿を借りて、菊畑で母の蘇りを叫んでいたのです」

しかし三九郎の不幸は、畳みかけるようにやってきた。

数年後に父が亡くなると、今度は住まいの小屋が半焼し、飼っていた鶏が死んだ。

下男の時蔵が飼っていた鶏も全滅していた。

事件が起きたのは、三九郎が主の使いで外に出ていたその日のことだった。

時蔵は、鶏を全滅させたのは、どこからか屋敷に入ってきた野良犬たちだと三九郎に言った。だが三九郎には誰がやったのか分かっていた。

菊畑に矢がいくつも落ちていた。傍には鶏の羽根も散らばっていた。

邸内の畑を狩り場にして、鶏狩りをやったに違いなかった。

一千石のお屋敷は、千坪近くある。林もあれば畑もある。鶏狩りにはもってこいの広さがあった。

三九郎の鶏みくも畑の隅で死んでいた。猟犬に食われたのか、体は肉半分が食い千切られていた。

三九郎はこの時、十五歳だった。

小屋にあったたくさんの絵や、父母の形見のほとんどが焼けていた。

時蔵と手を取りあうようにして泣いたが、数日後、追われるようにして屋敷を出る時、なけなしの金を餞別にくれた時蔵に渡したのが、菊と鶏の絵だったのである。

「この絵は、小屋が半焼しても無傷で残っていた不思議な一枚でした。いままた私の手元に戻ってくるとは……」

三九郎は、しみじみと言い、赤く染まった瞳を十四郎に向けた。

あの世で母が心配しているのかもしれぬ……三九郎はそう言いたかったに違いなかった。

「ふむ。両国で似面絵を描いていた絵師がいたが、半月ほど前に殺されたぞ。どうやら、あぶな絵を描かされていたようだ」

十四郎は厳しい口調で言い、三九郎に頷いた。

六

「急に呼び出したりして何の用だ」

由良高愛は乱暴に戸を開けると、廊下に突っ立ったまま座敷の中に刺々（とげとげ）しい声を発した。

座敷には燭台が一つ、その傍に襷（たすき）に鉢巻き姿の浪人、栗塚三九郎が端座して高愛を見迎えたのである。

灯の影が、三九郎の顔を彫り深く見せていて、前を見据える目もこれまでの三九郎とは思えぬ鋭い光を放っていた。

むろん三九郎の腰には大小が手挟（たばさ）んである。

「殿、この男、何を血迷っているのですか」

高愛の両脇に現れた浪人の一人が揶揄(やゆ)するように言い、せせら笑った。

するともう一人の浪人が言った。

「まったくだ。頭がおかしくなったんじゃないのか。おい、見ろよ。こ奴、刀を差しているぞ」

三人は調子を合わせて笑った。

「せっかく解放してやったというのに、また立ち戻るとは、三九郎、用向きを申せ」

高愛だった。もうまるっきり馬鹿にしている。

三九郎が刀を差していようとどうしようと、いざとなれば赤子の手をひねるよりたやすいことだと思っているに違いなかった。

「私はあなたを信じていた。いや、信じなければならないと考えていた。それはかつて私の父が先代様に拾っていただき、私も少年になるまで由良家の庭で育った。その恩を、忘れてはならぬと思ったからです」

「ふん、それがどうした」

「ここで、意に染まぬ仕事をしたのもそのためです。あなたの申し出を断り切れなかった」

「意に染まぬとな、ふん、そうかもしれんが、お前には礼金を弾んだはずだ」

「愚かしいことです。その金を、貧乏であるがために突き返すことができなかった」

「何を世迷い言を言っている。貧乏絵描きのお前が、妻子を養えたのは誰のお陰だ。忘れたのか」

「その妻は……佳那は俺に愛想を尽かして死んだ」

「気の毒だったな、三九郎。お前には勿体ないような美貌の妻だった。なんとか力になってやりたいと思っていた矢先のことで……気の毒だった」

高愛は、さも心を痛めているような口調で言った。

だが、その目はさすがに三九郎の鋭い視線を受け止めかねて宙を泳いだ。

「やはり……やはり佳那は、この場所であなたに辱めを受けたのか」

「何……今、何と言った」

もはや怒りにとらわれている三九郎は、高愛が聞き返したことなど耳に入らなかった。幽鬼のような目で高愛を凝視して言葉を続けた。

「そうとも知らずに、ここでせっせとあぶな絵を描いていた自分の愚かさが情けない。勇気をもって、あなたとの腐れ縁を切っておけば、佳那を死なせることはなかったのだ……それを、唯々諾々(いいだくだく)としてあなたに従った……飼い犬のように……」

三九郎は立ち上がった。

ぐいと左手で柄頭(つかがしら)を持ち上げる。

「おい、何を考えている。何か誤解しているのではないか。それをいうなら本当のことを教えてやろう。お前の妻は、俺の誘いに喜んでやってきたのだ」

「嘘だ……」

じりっと寄る。

「あなたが陰でどんな冷たいことをする人間か、私は小屋を焼かれ、鶏を殺された時から分かっていたのだ。屋敷を追われた時も、もう二度とこの屋敷に帰ってくるものかと思ったものだ。武士のはしくれの、浪人などという身分からもおさらばしてやると思ったものだ」

「……」

高愛は、後ろに控える浪人二人にちらと視線を遣って促すと、自身も足を広げて立ち、鯉口(こいぐち)を切った。

「ところが捨てたと思った武士の尻尾は残っていた。あなたに会った時にそう思った。あなたから昔の恩を持ち出されて、逃げられないと悟った時だ」

「言いたいことはそれだけか」

高愛は冷ややかな笑いをくれた。

「今日こそ、あなたとの縁を切ってやる。せめて最後は、侍の真似事をして、断ち切ってやる」

「そこまで言うなら、やってみるがいい。そのへっぴり腰で勝てるはずがない。それにこちらは三人だからな……まっ、お前の酔狂につきあって、俺もお前に伝えておこう。俺はお前たち親子の固い繋がりが許せなかった。お前は、俺の持ち得ない幸せを握っていた。やっと屋敷を追い出したかと思ったのに、今度は美貌の女を妻にしていた。許せるはずがない。それで……分かるな」

ふふっと、高愛は思い出すように笑った。

「死ね、高愛！」

三九郎は、大刀を引き抜くや、高愛に一撃をくれ、庭に走り下りた。

部屋の中では、いかな剣術未熟の三九郎でも、存分に刀が遣えないことぐらいは分かる。

「この庭で勝負だ」

三九郎は月明かりの庭に誘った。

しかし、言い終わらぬうちに、浪人二人が両脇に立った。

「斬れ」

高愛が叫ぶと同時に、一人の浪人が襲ってきた。

「えいっ」

目を瞑(つむ)って刀を合わせたが、三九郎は力及ばず押し飛ばされて尻餅をついた。

「死ね」

上段より振り下ろされた大刀が、己の額を割ったと目を瞑った時、どたりという音がして、足元に浪人が倒れてきた。

顔を上げると、

「助太刀致す」

いつの間に来ていたのか、十四郎が立っていた。

「何奴(なにやつ)、名を名乗れ」

浪人が叫んだ。

「慶光寺の御用宿、橘屋の用心棒塙十四郎。容赦はせぬ」

十四郎は、縁先に立つ高愛を見据えたまま、手にある刀の剣先は庭に構えて立つ浪人にぴたりと当てていた。

十四郎には一分（いちぶ）の隙もない。

「おい」

高愛は顎で浪人を促すと、自分一人慌てて玄関に走った。

浪人も庭伝いに門に走った。

二人が門まで一気に走る足音が聞こえてきたが、門を出たところでその足音は止んだ。

「絵師を脅してあぶな絵を描かせ、うち一人を殺害せし罪で、奉行所に同道願います」

凜（りん）とした松波孫一郎の声が、十四郎の耳にもしっかりと届いた。

「塙殿……」

驚いて立ち上がった三九郎に、

「評定所（ひょうじょうしょ）に任せるのだ。それがいい。いいか、一つだけ言っておく。佳那殿は、あんな男に犯されてはいない。佳那殿は、そなたへの操（みさお）を貫き通した、そう信じてやるのだ。それがそなたができる佳那殿への一番の供養ではないか」

「塙殿……」

三九郎は膝を折った。

「そうだ、もう一つ伝えておくことがある。金鶏の下絵を見て、築地の御屋敷で暮らしておられる、さるご隠居が申されたぞ。この絵を描いた絵師のこの先が楽しみだと……」

「築地の御屋敷のご隠居……まさか、楽翁様が……」

三九郎の顔に、驚きの色が走り抜けた。

十四郎は、声を呑んで見返してきた三九郎に頷くと、静かに刀を納め、まだざわめきの残る門前に向かった。

「佳那……」

後ろで、三九郎の叫ぶような声がしたが、十四郎は振り向かなかった。

第二話　塩の花

一

「ええ、お厄払いましょ、払いましょ。お厄払いましょ」

橘屋の表に現れた『厄払い』は、年端もいかぬ少年だった。

御府内は師走に入ると、厄払いとか節季候とか、願人坊主とか、さまざまな季寄せの人たちが毎日のように門に立つ。

商家ではそのたびに、小銭の入った紙包みのおひねりというものや、お米などの食べ物を、その人たちに施すのである。

それは橘屋も例外ではなく、いや、それどころか、お登勢は来る人皆に施しをするのである。

これが気忙しい師走のことで、門に立つ人たちも一人や二人ではない。なかなかに手間をとった。

たいがいはお民たち女中たちが、帳場の後ろにある棚の上に用意してある、盆に載せたおひねりを渡しているのだが、

「お登勢様、いちいちおひねりを渡していては、きりがないのではありませんか」

お民は、お登勢に一度聞いたことがある。

するとお登勢は、

「私たちはお陰様で毎日欠かさずお食事を頂いて、無事一年を過ごすことができました。ありがたいことです。だからあの人たちにおひねりをお渡しするのは、そうね、神仏に対する感謝の気持ちだと思いなさい。あの人たちはね、橘屋に福を運んできて下さるのですよ」

そう言ったのである。

以来、万吉までが、門に季寄せの人が立つと、

「番頭さん、おひねり」

などと言い、藤七からおひねりを貰って、元気に表にすっとんでいく。

今日はちょうど万吉が表を掃いていたところに、師走の厄払いがやってきた。

万吉は箒を持ったまま、その厄払いを見迎えたが、今日の厄払いは年端もいかぬ少年だった。

大人を真似て着物を尻端折りし、頭には手ぬぐいを載せ、手には白扇を握っているが、万吉とあまり変わらない年頃のようだった。

大人に囲まれて暮らしている万吉には、今日の来訪者はずいぶんと身近な人に見えた。

「おい、名は何というんだ」

おひねりを取りにいくのも忘れて、興味深く厄払いの少年に聞いた。

「おいらの名かい？」

少年は因縁でもつけられるように思ったのか、不安な顔で聞き返した。

「決まってるじゃないか」

「名は風太郎」

「風太郎……」

「おいら、赤子の時に親方に拾われたんだ。本当の名は知らねえ。風太郎というのは親方がつけてくれた名だ」

「そうか、お前も捨て子だったのか……おいらも捨て子だ」

「本当……じゃ、一緒だ」

二人は笑った。兄弟にでも出会った時のような懐かしげな笑みだった。互いをまじまじと見詰めながら、口の端に笑みを浮かべた。

だがその笑みの奥に、一瞬いいようのない寂しさが横切ったのを、万吉は見ていた。

万吉は、それを振り払うように、すぐに明るい声で話を継いだ。

「おいら、浅草寺(せんそうじ)に捨てられていたのを、ここの女将さんに拾われたんだ。名は万吉」

「万吉」

「そうだ、万吉だ。で、幾つだ？……おいら十一歳」

「おいらも、十一歳だ」

「そうか、おない歳だったのか」

それにしては、風太郎の方が気苦労が多かろうと、万吉は子供ながらに思ったのである。

「風太郎、来年も来るのか」

「分からねえ。上方にいるかもしれねえ」

「じゃ、今日のこのお前との出会いは、一期一会だな」

万吉は、覚えたばかりの言葉を並べた。

「いち？……いちご？」

「いい、分からなくてもいいよ」

実際、万吉は説明するのは大変だと思ったのである。

今はお登勢から、文字やら諺やら口移しのようにして教わっていて、その解釈までしっかり覚えようとすると大変なのだ。

しかし、風太郎がまるっきりそんな言葉など知らない様子なのに、ちょっぴり万吉は哀しくなった。捨て子だとはいえ、恵まれている自分と、目の前の風太郎の暮らしを引き比べていたのである。

「またいつか会えるかもしれないが、お互い、頑張って生きていこうぜ」

万吉は兄のような口調で言い、風太郎に手を差し出した。

風太郎は、はにかんだ顔で手を出した。

だがすぐその顔が歪んだ。思いがけない出来事に胸がきゅんとしたようである。

風太郎の目が涙で滲んだ。

その時である。

「あらあら、万吉、何をしています。お登勢殿はいらっしゃいますね」

薬箱を手に近づいてきたのは柳庵だった。柳庵は後ろに、切れ長の目をした若い男を従えていた。

「これは柳庵先生……はい、お登勢様はいらっしゃいます」

万吉はぺこりと頭を下げた。

「じゃ、参りましょうか」

柳庵は後ろの男にそう言うと、その男を引き連れて橘屋の玄関に腰をくねらせて入っていった。

「おいら、おひねりを貰ってくるから。すぐだから」

万吉は風太郎に言い置くと、柳庵が消えた玄関に飛び込んだ。すぐにおひねりを摑んで表に走り出てきたのだが、

「風太郎……」

風太郎は、もうそこにはいなかった。

「ああら、めでたいな、めでたいな。だんな住吉(すみよし)御参詣、そり橋から西を眺むれば、七福神の船遊び……」

風太郎は小さな背を見せて、節回しよろしく厄払いの声を張り上げ張り上げ、遠ざかっていったのである。

「風太郎……」

しょんぼりと肩を落とした万吉のその肩を、とんとんと叩いた者がいる。

「十四郎様」

十四郎が、笑みを湛えて見下ろしていた。

「こちらは蓑助さん。小網町三丁目にある塩問屋『富田屋』さんの若旦那です。この夏に足を怪我して私の診療所にやってきたのがご縁で、それで相談を持ってきたのですが、なにしろ夫婦の間の揉め事だっていうものですからね。それなら私の手には負えません。それでこちらの話を致しましたら、是非紹介してくれないかと……まっ、そういうことです」

柳庵は、傍らにいる蓑助とやらをちらりと見て言った。

「柳庵先生、ご存じの通りこの宿は、離縁したくてもできない女の駆け込むところです。それはご承知のはず、ご亭主に加勢するところではありません」

お登勢は、きっぱりと言い、蓑助とやらを見た。

蓑助は膝を包むようにして手を置いて、柳庵とお登勢のやりとりを聞いていた。

切れ長の目を持つ美男顔だが、塩問屋の若旦那にしては、いかにも線が細い感じがした。襟から見える首も白く、袖から出ている腕も女のようで、塩問屋の若旦那というよりも三文役者のようである。

歳は二十四、五かと思えた。

着ている着物も絹物の小袖と羽織、共に黒茶の鮫小紋、一見するに結構な暮らしの塩問屋の若旦那が、何も女が駆け込む寺宿に相談に来なくても……お登勢の頭にちらとそんな思いが走り抜けた時、

「他に相談するところはないんです。あっしは、いえ、私は富田屋の入り婿でございますから」

蓑助が途方にくれた顔で言った。

「すると、内儀は家付き娘ということだな」

尋ねたのは十四郎だった。

「はい。名はおいしといいます」

「婿になってどれほどになるのだ」

「一年と三か月」

「まだほやほやではないか」

「そうですが、別れたいのです」

「揉め事の仲裁かと思ったら、別れ話か」

「はい。離縁してほしいのですが、親父さんがうんと言ってくれません」

「なんと……」

十四郎は、呆れた顔で蓑助を見た。

「親父さんは名を角蔵というのですが、これが頑固な人で、こっちの話などまったく聞いてくれないのです」

「いくら頑固だと言ったって、大の男がこんなところに相談に来るとはな。恥ずかしいとは思わぬのか」

「相談する人がおりません。このお江戸に身内は一人もいないのです。天涯孤独でございますから」

「まったく……いったい何が気に入らんのだ」

「なにもかも嫌なんです……夜が怖いんです」

「ふむ……」

「それに、女房が働き過ぎるから、こっちの立場がない。休みたくても休めないんです」

「それで……」

「だから、女房はよその女ができる家の中のことが全くできません。全部人任せなんです」

「しようがないでしょう。当たり前です、商いに身を入れていればそうなります」

　横からお登勢が言った。決めつけるような厳しい声音だった。

「黙って話を聞いていれば、なんですかそれは……贅沢な悩みではありませんか。想像するにおかみさんは、たいへんな働き者のようですね。お店のことで頭がいっぱいなんですから、家の中のことまでかまっていられないんですよ。子供みたいなことを言って、そんなことも分からないのですか」

「肝心なことが、まだあります」

「何です……」

「女房は醜女（しこめ）なんです」

「えっ、今なんと言いました」

「ですから、醜女です」

「……」

お登勢は呆れた顔をして聞いている。

「初めのうちは、そんなことには目を瞑ればいいと思っていたのですが、やっぱり駄目です。見るのが辛いのです」

蓑助はさらりと言ってお登勢を見るが、その顔が硬直した。

「蓑助さん、おっしゃりたいことはそれだけですか」

お登勢は怒りの顔で見返した。

「夜が怖いですって……女房が働き過ぎてこっちが休めない……それに、言うに事欠いて醜女ですって……私もいろいろと夫婦の揉め事を見てきましたが、あなたのような酷い言葉で女房をこきおろすのを聞いたのは初めてです。女を、女房を馬鹿にするのも、いい加減になさい！」

「お登勢殿。まあまあ……」

びっくりした柳庵が、おろおろしてお登勢の気持ちを静めようとして手を伸ばすが、

「柳庵先生も先生です。このような人を連れてくるなんて許せません」

憤然として見返した。

「いえ、私は……私はですね、詳しいことは知らなかったんです。ただただ、気(き)鬱(うつ)になるほど夫婦のことで悩んでいるなどと言うものですから、それで……」

「よろしいですか」

お登勢は蓑助の目をとらえて言った。

「最初に申しましたように、この宿は、女人の駆け込みを手助けする宿です。男の人の駆け込みは受けつけてはおりません」

「しかし、私は養子です。養子は女房の父親から離縁状を貰わねば別れることはできません。私は世の中の、ここに駆け込んでくる女たちと同じ立場にあるのです。私の意思で婿入り先に別れを告げる訳にはいかないのです。確かに私は酷いことを申しました。反省します。しかし、どうしても別れたくて、それを分かってほしくて、どれほど嫌なのかということを説明したのです。どうか、私に手を貸していただけませんでしょうか」

「お断りします。あなたのような思いやりのない人間の手助けはできません。それほど離縁したいのなら、ご自分の才覚でおやりなさいまし」

「やりました、いろいろと……大酒を食らって不貞寝(ふてね)をしてみたり、博打場(ばくち)に足を踏み入れたり」

「呆れたこと……そんなお婿さん、わたくしならすぐに叩き出します」

「それが、親父さんは遊びも身のうちだって言いまして……」

「いいですか。ざっとお聞きした限りでは、悪いのはあなたの方です。そのあなたから離縁を要求するなんて図々しい限りです。塩問屋のお婿さんでいられることを感謝しなさい。いえね、わたくしも初めのうちは、柳庵先生が連れてこられたおひとですから、お話ぐらいはお聞きして、何か助言してあげられればと思っておりましたが、あなたの話はもう聞きたくありません。おいしさんですか……おかみさんが可哀相でなりません」

お登勢は、激しい言葉を言い連ね、

「柳庵先生、早く連れて帰って下さいまし」

憤然と立ち、裾を勢いよく払うと部屋を出ていった。

「お登勢殿をあんなに怒らせて……十四郎様、改めてお詫びに参りますが、どうぞよしなに、よしなに……」

十四郎に懇願する柳庵だったが、そんな柳庵の困惑はどこへやら、蓑助は拳をつくって立ち上がると、

「ちっ、この世にゃあ女を助ける御法はあっても、入り婿の言い分を聞いてくれ

る御法はねえってか。まっ、いいさ、好きにやるさ。先生、世話になったな」

蓑助は乱暴な口調で捨て台詞(ぜりふ)を吐いて、座を蹴るようにして帰っていった。

「柳庵、お前さん、とんでもない男を連れてきたものだな」

十四郎も顔をしかめる。

「十四郎様、この通り」

柳庵は手を合わせると、

「ほんとに、私、人を見る目がこれほどないとは」

「十四郎様……」

そこへ、出ていったと思ったお登勢が入ってきた。

「蓑助さんのためではなく、おいしさんという、おかみさんのためには、別れさせた方が良いかもしれませんね」

憤りがおさまらない顔でお登勢は言った。

二

「十四郎様、あのお人ですね。塩問屋の富田屋さんは」

藤七はたった今、精製した塩の小屋からのそりと出てきた、頑健そうな初老の男を目顔で指した。

十四郎と藤七が立っているのは、行徳の塩の浜である。

浜には海水が引き込まれていて、その傍には塩焼きの小屋が煙を上げている。

江戸開府以来、徳川幕府はそれ以前より塩を作っていたこの浜にまっ先に目を留めて、幕府の塩として確保につとめてきた。

塩は赤穂が上等で値段も高いが、近頃ではこの浜で取れた塩でも一升が五十文に届きそうな勢いで値上がりしていた。

塩問屋富田屋が扱う塩は、江戸近辺で取れる塩が大半を占めていて、特にこの行徳の浜の塩は、ずっと昔から塩会所と契約していて、わざわざ小網町の店から出向いていって、良質の塩を仕入れているのだと聞いている。

十四郎は、その富田屋の角蔵に会いにきたのである。

今朝早く富田屋の店を訪ねてみると、大旦那の角蔵と娘のおいしは、一昨日から行徳に行っていると手代から聞いた。

そこですぐに藤七を伴って、行徳河岸から行徳船に乗り、この浜にやってきたのだ。

の小網町の河岸で聞いて驚いたのだが、近頃では行徳船は一日に六十隻は出るのだという。一日六十隻だということは、中川の船番所の通行を考えれば、だいたい、半刻（一時間）に、五隻の勘定になる。

出る船が六十隻なら入ってくる船は、その何倍にもなる訳だから、小網町の河岸は大変な賑わいである。

十四郎と藤七も、小網町の河岸から船に乗り、大川に出、小名木川に入り、中川を渡って、さらに新川に入り、行徳の河岸に上陸した。

そこからさらに浜に向かって歩き、ようやく富田屋の手代に教えてもらった浜に到着したのであった。

角蔵は、掌に載せた塩をざっと陽の光を当てて検分し、それから舌で嘗めて満足げに頷いた。

そして後ろの小屋を振り返って、

「いいぞ、運んでくれ」

と叫んだようだ。

富田屋角蔵という男は、その名の通り、四角張った顔で、眉の濃い大鼻の、がっちりとした体つきだった。

「藤七、あれが娘のおいしだな」

十四郎は、角蔵の呼び声で、小屋の中から走り出てきた若い女を見ながら言った。

女は着物を短く着ている。

色が黒く小太りの女だった。

目鼻立ちまでは判然とはしなかったが、確かに美人顔ではないと思われる。

そのおいしが、振り返って小屋の中に向かって一声あげると、中から人足たちが塩の俵を肩に担いで運び始めた。

そして、小屋の前に待機させている荷車に次々と積み上げていく。

荷車が通る道だけは板を砂の上に並べて置いてある。それが塩浜での道になっていた。

「女房と舅が、こんなところまで来て働いているというのに、あの蓑助という男は、着飾ってちゃらちゃらして、どうしようもない男だな」

さすがの十四郎も、腹立たしい。

蓑助が昨日橋屋にやってきた時には、父と娘は、この塩浜の冷たい風を受け、塩の選別をやっていたことになる。

自分勝手な蓑助の行動を思い出すたびに、十四郎は胸が悪くなった。

まもなくだった。

角蔵が娘のおいしと離れ、塩釜に近づいていくのを見届けて、十四郎と藤七は角蔵に向かってゆっくりと歩を進めた。

角蔵は塩釜で煮立っている鹹水(かんすい)を眺めていたが、十四郎たちに気づいたようで、角蔵の方から歩み寄ってきた。

「塩問屋富田屋の角蔵さんですね」

藤七が尋ねると、男はそうだと頷いて言い、怪訝な顔で聞いてきた。

「どちら様でございますか」

太い眉がひくひくと動いている。その奥で、不審な者を見るように目が光った。

「深川(ふかがわ)の橘屋の者です。こちらは塙十四郎様、そしてわたくしは番頭の藤七と申します」

藤七が名を告げると、角蔵は、ははんという顔をして、

「そうですか。婿の蓑助が、富田屋と縁を切りたいなどという寝言を、そちら様に持っていったのでございますな」

角蔵は話を聞くより先に言い当て、苦笑した。そして、

「いやいや、初手からご無礼な物言いを致しました」

十四郎をちらと見て、気遣いをしてみせたが、

「近頃あの男は、人が変わってしまいましてな。しかしあれの本当の姿はああじゃない、私はそう思っているのです。少なくともこの浜に来た時には、そうではなかった」

むこうの塩小屋の前で、勇ましく陣頭指揮をとっている娘おいしを労るように見て言った。

「富田屋さん……婿殿はここで働いていたのですか」

「はい。もっともこの浜で働いたのは僅か二、三か月のことでした。ご承知の通りの体つきですから、浜の仕事は辛いようでしたが、懸命さが見えましたな。それでおいしがすっかり気に入りまして、私も娘の気持ちにほだされて、身寄りもないようなあの男を婿にしてしまったのです。身寄りがないからこそ頑張って店を守り立ててくれるだろうと思ったのですが、あの通りの有様でして……」

「そうでしたか……いや、富田屋さん、うちは女の駆け込むところ。婿殿の訴えを聞くつもりはございませんが、しかし、こんなことを申しましてはどうかとは存じますが、富田屋さんほどの暖簾なら、蓑助さんでなくても婿殿はいくらでも

いるのではありませんか」

「それが、親の私が言うのもなんですが、おいしは人一倍の力持ち、働き者のいい娘なんですがね、男がとんと寄りつきません」

「……」

「まっ、体も頑丈なら顔のつくりも女らしいとはいえませんから、世間の若者がおいしを敬遠するのも無理はない……諦めていたところに蓑助が現れたのです。その蓑助が、容貌なんて少しも気にしないと、そう言ってくれたものですから……ところがです。何が気に入らないのか、困ったものです」

「角蔵さんの内儀は、なんとおっしゃっているのです？」

「家内は亡くなりました」

「亡くなった……」

「はい。娘の祝言を見届けて逝きました」

「……」

「いや、実は、私たち夫婦は長い間仲人をして参りました。百組の縁組をまとめれば幸せになれるなどと女房は申しておりましたが、肝心の娘の祝言を前にして病の床につき、余命いくばくもない状態でした。百組の縁組はできなくても、娘の結婚はどうしても見届けたかったのだと存じます。婿に入ってくれるなら、蓑助でもいいと申しまして……。娘もそうだったと存じますが、私も女房が生きているうちに婿を迎えることができればと蓑助とのことを承諾したのです。そういう訳でございますから、はいそうですかと、あっさり離縁状を書く気にはなれません」

「……」

「一番心を痛めるのは、おいしの気持ちです。おいしの気持ちを無視して、親の考えで引き裂くのもどうかと存じまして」

「富田屋、お前の気持ちは分からないわけではないが、俺が見た限りでは、蓑助の心はもう、娘御のところにはないように見受けられたぞ」

「先にも申しましたが、若い時にはいろいろと迷いがあるものです。蓑助は今そういうところにいるのだと存じます。ですから私は離縁状は書きません。おいしが嫌と言うのならまだしも、蓑助の言うことを聞く気にはなれません。蓑助にそのように伝えてやって下さい」

ほんの少しも動じる気配のない角蔵である。

十四郎と藤七には、角蔵の気持ちが痛いほどよく分かった。

離縁状を出さない理由も、亡くなったおいしの母のことを知ってみると、至極もっともだと思えてくる。

「富田屋、一つだけ聞いておきたいのだが、おいしは蓑助とのことを何と言っているのだ」

「心穏やかじゃないでしょうな、亭主の気持ちが離れてしまったことが分かれば……ですが、あの通りの女子ですから……」

富田屋角蔵は、小屋の前で大声を張り上げているわが娘を見て、苦笑した。

「縄はしっかりかけなさい。それから、俵を積み終わったら弁当を使いなさい。御府内には、それから引き返します!」

おいしの声は、浜によく通った。


十四郎と藤七が、行徳の船場から小網町行きの船に乗ったのは、半刻ほど後のことだった。

二人が乗り込んだのは旅人や商人が乗る客船だったが、抜きつ抜かれつする船は、野菜であったり薪であったり、ありとあらゆる品を運ぶ貨物船だった。

風は冷たかったが、船の中はのんびりとして陽気であった。

十四郎は腰を据えると、刀を肩に倒して抱え持ち、左右の風景を見るとはなしに眺めていたが、その耳を突然賑やかな歌声が襲ってきた。

塩は赤穂というけれど　行徳の塩こそ日本一
日本一　日本一
この行徳で塩焼くは　二千余年も前のこと
前のこと　前のこと
その色白く　白雪の　白雪の
味わいもまた　天下一との誉れあり
誉れあり　誉れあり

歌っているのはあのおいしで、おいしが歌った後に人足たちが合いの手を入れる。

むろん船は塩船で、船のへりから水流が流れ込みそうなほど塩俵を積み込んである。

おいしは、船の舳先に立ち上がると、拍子をとりながら行き交う船の客たちにも笑顔を振りまいているのであった。

「藤七……」

十四郎が思わず笑みを漏らして藤七と頷きあった時、おいしが十四郎たちに気づいて、手を振ってきた。

「おいし様。十八番」

その時、人足の誰かから声が飛んだようである。

すると人足たちは、待ってましたとばかり、いっせいに船べりを軽やかに叩き始めた。

「じゃ、行くよ」

おいしは笑って、声を張り上げる。

アレきかさんせ　アレきかさんせ　アレきかさんせ
アレ化(ば)かしゃんせ　アレ化かしゃんせ　アレ化かしゃんせ
ニャンニャンニャン　フウフウフウ　コンコンコンコン
ケンケンコンコン　コンケンニャン

その歌は、先頃酒席で流行った猫と雉子と狐の鳴き比べ歌だった。たいがいは三人が掛け合いながら歌う歌だが、ことさらに陽気で酒席を盛り上げる歌である。おいしは、人足たちの日常にも抵抗なく溶け込んで、富田屋を盛り上げているようだった。

それは、べっとりと白粉を塗り、芝居だ物見遊山だと遊び回る大店の女将や娘とは異質のものだった。

おいしだって、御府内では名の知れた塩問屋の娘である。

それらしい贅沢が叶わぬわけでもないのに、こうして汗と埃にまみれている。

そう思うと十四郎も藤七も、おいしという女に好感が持てた。

おいしは、十四郎たちが乗った船の傍まで来ると、拍子をとりながら、もう一度笑顔を送り頭を下げると、また歌いながら離れていったのである。

どうやら、十四郎たちが父親の角蔵と話していたのを、見ていたらしい。

確かに船が接近した折に見たおいしの顔は、美人とはほど遠い顔立ちだった。父親に似て眉が太く、鼻は中央に居座るようについていて、口も大きかった。

だが、なにより十四郎が感心したのは、底抜けに明るいその性格だった。寒さなどふっ飛ぶような活気が総身に満ちていた。

夫の蓑助が女々しいひがみ根性でふて腐れた生活をしているのにもかかわらず、おいしは、行徳の浜で取れた真っ白い塩の良さを、それとなく自慢して、行き交う船中の人々に陽気に喧伝しているのであった。

その姿は健気でさえあった。

情けない婿の姿が、憎々しいほど際立って見えてきた。

「十四郎様。乱暴なことを申しますが、蓑助の頬を一発、殴ってやりたい気分でございますよ」

冷静沈着な藤七も、さすがに腹に据えかねるものが生まれたらしい。藤七らしからぬ言葉を並べた。

「うむ……」

――その通りだ。

十四郎は、さっきの歌が引き起こした、浮き立つような思いに浸りながらおいしたち一行を見送った。

三

「あなた様が、この橘屋さんの女将様でございますか」

翌日のこと、おかんという女が橘屋の玄関に立った。

歳は五十は過ぎていると思えるが、陽に焼けた肌を持ち、骨太の健康そうな女だった。

「わたくしはここの主で、登勢と申します。あなた様は……どちら様でございますか」

「これは失礼致しました。おらは行徳の塩の浜で働いている者だで。昨日こちらのお武家様と番頭さんが、浜に富田屋の大旦那様を訪ねて参られて、蓑助さんのことを話しておられたのを、ちょこっと聞きましてな。こりゃあ黙ってはいられんぞと、そう思いまして……あの、昨日浜に見えられたお武家様か番頭さんは、おいでかい」

おかんという女は、背伸びをして、宿の中を覗き込むような仕草をした。

「番頭は出ておりますが、お武家様なら中におります。どうぞ、お上がり下さいませ。ここでは寒いですから、上でお話はお聞きします」

「とんでもねえですよ、女将様。おらはここでええ。すまねえが、お武家様にここにおいで願えねえもんですかいねえ」

「分かりました。じゃ、ここにおかけ下さいませ」

お登勢はそう言うと、お民に熱い茶と餅菓子を運ばせておかんに勧め、裏庭で枯れ草を燃やしていた十四郎を玄関の板間に連れてきた。

「これはこれは、おらはかんと言いますが、蓑助さんのことでお話ししておきたいことがございます」

おかんは、口にあった餅菓子を、ごっくんと飲み込むと、手についた粉を嘗め嘗め、板間にお登勢と腰を据えた十四郎に言った。

「お前は、蓑助をよく知っているのか」

「そりゃあもう、あの浜に蓑助さんが働きたいと言ってやってきた時から知ってまさ。でね、これは大旦那様にもおいしお嬢様にも言えないでいたんですが、ええ、こうなったら、はっきり言います。おいしお嬢様がお気の毒だで……」

おかんは、黒目をぐるりと回すようにして、

「蓑助さんは、とんでもねえ男だよ」

ぐいと十四郎を見た。

「ほう……」

「おいしお嬢様と一緒になるまで、何回も所帯を持ち、離縁し、そうやって女の金目当てで食ってきた人なんだから」

「まことか、その話」

「おらは、生まれてこの方、嘘ついたことはねえ。これは無責任な噂じゃねえ。おらが蓑助さんから直接聞いたんだから……それも蓑助さんは自慢してさ、こう言ったんだから……俺は力はねえが男っぷりがええだろ。女がほっとかないのさ……なんてさ。仕事は半人前なのに口ばっかり達者でさ。ところがさ、大旦那様やおいしお嬢様の前では無口になって、ふうふう言いながら働くんだから……なんだか、危ねえ危ねえと思っていると、ちゃっかりおいしお嬢様に取り入って、あっという間に婿におさまっちまったって訳さね」

十四郎は唖然として、お登勢と顔を見合わせた。

「まったく……世の中にゃあ、離縁をされるたびに慰撫料など貰って離縁太りして安気に暮らす女子もいると聞いたことあるけど、蓑助さんはそれと変わらねえ。金持ちの女子といっとき所帯を持って、すぐ別れる。別れる時にはなにがしかの手切金をふんだくる。富田屋さんは蓑助の毒牙にかかったんだ」

「おかんとやら、その話、大旦那の角蔵やおいしは知らないのか」

「知りませんよ。おらの他にもきっとその話は聞いた人がいるはずだが、富田屋さんがいい人で、みんなよく心付けをもらっていますからね、あまりにお気の毒で言えないんですよ」

「そうか……それで蓑助は別れたいと言っているのか」

「はい。もう、次の女子もちゃっかり用意できている様子ですから」

「何、次の女子だと……どこの誰だ」

「それは知りませんが、おいしお嬢様が不幸になるのを見たくありません。どうか、お力添え下さいませ」

おかんはそう言うと、腰を上げた。

「もう、帰りの船に乗らないと日が暮れちまいます」

「おかんさん、ちょっとお待ちなさいまし」

お登勢は台所に走り込むと、あっという間に握り飯をつくってきた。

「帰りの船の中で食べて下さい」

「女将様……」

おかんは黒い顔でお登勢を見上げると、顔をくしゃくしゃにして、頭を下げた。

「ねえ、まだ決着がつかないの……蓑さん……」

女は寝そべって天井を睨んでいる蓑助の顔に、覆い被さるようにして言った。

「あわてるなって」

蓑助は、女に目の玉だけちらりと投げると、勃然として言った。

「別れてくれないんですか……それとも、手切金は出さないって言っているんですか。ねえ、どっちですよ」

女は男の胸に、頭を沈めて、甘えた声で言い、蓑助の胸をまさぐった。

「よせ」

蓑助がその手を払う。

「なんですよう」

女は体を起こして、恨めしそうに蓑助を見る。

「まったく……」

蓑助は、女の恨めしげな顔に負けたのか、体を起こして胡坐をかいた。その腰で畳を擦るようにして進み、長火鉢の縁にあった冷えた茶を啜った。

「いいか、まだ、話は手切金なんてところまではいっていないんだ。あの狸は……離縁状すら書こうとはしねえんだから」

「じゃ、このまま……このまま、うちの旦那にびくびくして忍び会わなきゃならないの……嫌よ、そんなの」

「おみさ、聞き分けのないことを言うもんじゃない。約束したろ。きっと女房と別れて、お前と一緒に暮らすとな」

「聞き飽きたよ、その言葉。ちゃあんと証拠を見せてくれなきゃ」

「見せてるだろう。お前とこうなってから、俺は一度もおいしの体に触っていない」

「なにさ、醜女だって言ってたでしょ。だからでしょ」

「まあな……」

曖昧に相槌を打ちながら、本当はおいしが醜女だから触れなくなったんじゃねえなと思った。

おいしは、どこまでいっても蓑助を信じようとする健気なところのある女である。

おいしが好きか嫌いかよりも、目の前にいる女郎蜘蛛のような手練手管のおみさにひっかかって、正直、蓑助の体は、おみさなしでは二進も三進もいかなくなっているのだった。

おいしは見た目は男のようだが、育ちは大店の娘で、しかも塩のことしか頭にない純情な娘だった。

祝言を挙げ、初めて入った床の中でも、身を固くして息を詰めていたような女である。

何人もの女を知っている蓑助にしてみれば、物足りない女だが、おいしの気性が嫌いな訳じゃない。

「ねえ、どんな女なの、おいしさんて……」

おみさを抱いた手でおいしを抱くのは、さすがの蓑助も気が咎める。

おみさは聞きながら、勝ち誇ったような顔をする。

妖艶な美しい顔に、一瞬醜悪な影が過ぎるのを、おみさは気づいていないらしい。

「ふっ……」

蓑助は苦笑して、口ずさむ。

アレきかさんせ　アレきかさんせ
アレ化かしゃんせ　アレ化かしゃんせ
ニャンニャンニャン　フウフウフウ　コンコンコン

塩の浜で働く男たちとささやかな酒宴を張った時、おいしに誘われて、二人で掛け合いで歌った歌だった。

その歌が縁で、おいしと親しくなって、目論見通り婿におさまったのである。

「お止めなさいよ、そんな歌……それより、いつまで待てばいいのか、はっきりして下さいな」

「いいか、別れるだけなら簡単だ。そうだろ、二人でこの江戸から駆け落ちすればいいんだからな。そうじゃなくて金が欲しい。だからお前のことだって内緒にしてるんだ」

「これは不義だからね」

「分かってらあな」

「私には旦那がいるんだから、見つかったらただじゃすまないんだから」

「じゃあ別れるか」

「誰と」

「俺と」

「嫌よ。私はね、あんたと一緒になれないのなら、心中した方がまだいい。命賭けてるんだから」

おみさは、蓑助の体にしなだれかかる。

「嘘はないだろうね、おみさ」

「ええ……」

「いざという時には、じゃあ一緒に逝くんだね」

「あい」

「心中してもいいと……」

「蓑さん、好きよ……」

おみさが首に手を巻きつけようとしたその時、時の鐘が聞こえてきた。

「いけない。旦那が来るわ」

おみさは、すばやく体を起こして、髪の乱れや襟足の乱れを整える。

「じゃあな」

蓑助は、のそりと立ち上がると、足早にその部屋を出た。

「またな……」

玄関の格子戸からおみさに見送られて、蓑助は薄闇の中に逃げるように踏み出した。

入れ替わりに、ずんぐりむっくりの半纏をひっかけた男が格子戸の前に立った。

「どうだ、首尾よくいってるか」

男は、遠ざかっていく蓑助を見送りながらにやりと笑った。

初老の男である。

「常次郎旦那のお心のままに進んでいますよ」

おみさは媚びるような視線を送る。

「よし、それでいい。これでやっと積年の恨みが晴らせる」

男は、おみさの肩を抱くようにして家の中に消えた。

闇が深くなっていた。

その闇の中の物陰に、明るいうちからじっと身を潜めている者がいた。

藤七だった。

――常次郎……積年の恨み……どういうことだ。

藤七はおみさの声が遠のいたのを確かめると、物陰から身を起こして暗い格子戸の前に立った。

四

「金がねえ？……塩問屋の若旦那と思えばこそ遊ばせてやったんだ。金がない人間に用はねえ。帰れ、帰ってくんな」

両国橋の東にある矢場を、野良犬のように叩き出されたのは、他でもない蓑助だった。

「兄さん、待ってくれよ。そのうち金は払うと言ってるじゃないか」

「おとといきやがれ」

蓑助は、腕をむき出しにした若い衆に取り縋るが、

突き放されて蹴飛ばされた。

「うっ……」

俯せに転がった蓑助は、したたかに胸を打った。

路地は寒さで凍っているように固い。

「ちくしょう……」

蓑助は、のろのろと起き上がると、はだけた前を合わせながら、両国橋の袂に向かった。

「ここまで無難に世の中渡ってきた俺がよ、ざまあねえやな」

独りごちてみるが、頭を過ぎるのは、おみさに誘惑されてからの、やり場のない苛立ちの日々である。

おみさと出会わなければ、塩問屋の若旦那として、向後もおもしろおかしく暮らそうと思っていた。

サイコロの目の出たとこまかせさ、などと嘯(うそぶ)いていた刹那(せつな)的な人生ともこの辺りでおさらばしようと考えていたのである。

そもそもが蓑助は、父の顔も母の顔も知らずに育っている。

物心ついた時には、自分は今戸(いまど)の瓦屋に里子として貰われてきた人間だと知った。

ここで蓑助は、朝から晩まで炭団(たどん)を作らされた。瓦を焼く時に出る松の炭と灰をこねて作る灰炭団で、胸も顔も、いつも炭団の黒い滓(かす)がつき、惨めな思いで過ごしていた。

予定の個数の炭団ができなければ、蓑助は竹の鞭(むち)で打たれた。

あまりの辛さに、ある日のこと、蓑助は里親に母親のことを聞いてみた。すると里親は、

「お前の生みの母親は、なんでも男に捨てられて、食うに困ってお前を通りすがりの町の木戸口に捨てたらしいぜ。木戸口にお前を捨てられた町内の者が困ってよ、それでお前はうちに来たんだ。恨むのだったら母親を恨むんだな」

里親は泣き出した蓑助を見て、鼻で笑ったのである。

やがて、里親が体の不調を訴えて、数日寝込んだだけで死んだ。

瓦を焼いていた者は散り散りになっていったし、蓑助もそれでそこを抜け出した。

蓑助は十六歳になっていた。

「畜生、もう金輪際、人に利用されるものか。この世のどこかに生きているかもしれねえ母親を見返してやる」

そう決心した蓑助は、瓦屋の職人たちが手隙の間に、男が楽して暮らせる処世術を話していたのを思い出した。

女には玉の輿という言葉があるが、男にだって同じことが言えるのじゃないか――。

——女を利用して食ってやる。

蓑助は、そう決心した。

そこで手始めに、浅草寺前の団子屋の娘を犯すようにしてものにし、その娘と祝言を挙げた。

ところがその娘は、せっかく身籠もった子を出産の折、母子ともども死んだ。蓑助が十七歳の時のことである。

娘の両親は、あまりの悲しみに店を畳んで田舎に引っ越すと言い、その田舎に蓑助を連れていくのもどうかということになり、蓑助は手切金を貰って縁を切った。

半年ほどその手切金で遊んでいた蓑助は、金がなくなると、今度は長唄の師匠に拾われた。

この師匠には旦那がいたが、旦那に若い女の体を満足させる元気はなかったようだ。蓑助はさしずめ種馬のように、旦那のいない日に、師匠の閨（ねや）の相手をしたのである。

むろん、手当てはたっぷり貰った。

ところが、師匠の旦那がぽっくり逝くと、師匠はどこかの若旦那を引き込んできた。

用無しとなった蓑助は、また、たっぷりと、ごくろう金をせしめたのである。

その次は、水茶屋の女を女房にしたが、博打に足を踏み入れた蓑助が多額の借金を背負ってしまって、蓑助は騙すようにして、女房を品川の女郎宿に売っている。

まだあった。夫を亡くした袋物屋の大年増に取り入って、金がなくなるまで吸い取っている。

蓑助にとって、女は己の性欲を満たしてくれ、金を生み出す打ち出の小槌であった。

その延長線上に、おいしはいたのである。

おいしは特に、これまで相手にしたこともない醜女だったが、大店の娘で、蔵には金がうなっているはずだった。

――女を抱きたきゃ外に出ればいいんだ。

咎めることもないおいしの心を踏みにじって、外に女を求めた結果、いったん関係をもったその瞬間から、鳥もちのように蓑助を捕らえて放さぬ、おみさという女に出会ってしまったのである。

しかもおみさは、

「あんた、女房と別れて下さいな。別れてくれないのなら、あたし、店まで行ってもいいんだよ。このあたしが、蓑さんの女房だって、おかみさんに言ってやる」

そう言って胸を叩いたかと思ったら、

「うちの旦那がさ、気づいたんじゃないかと思うの。あたしは妾なんだから、あんたとのことがばれたら不義者として殺されちまう。あんただってそうさ、旦那は恐ろしい人なんだから……ねっ、だから、あたしたちの道はひとつ、あんたがたんまり手切金を貰ってさ、あのうちを出て、あたしと上方に逃げるんだ。上方で小さな店でも開いてさ、暮らそう……二人っきりで」

おみさは繰り返し、蓑助に囁いた。

蓑助はだんだん、一刻も早くおいしと別れ、手切金を貰っておみさと上方に逃げるしか道はないと考えるようになった。

蓑助は女を騙すのは得意だったが、腕力には自信がなかったからである。

いざという時のことを考えると、おみさの旦那は博打場を束ねている筋金入りの博徒の親分、一方の塩問屋の主角蔵は塩俵を二つもいっぺんに担ぐ力持ちである。

娘のおいしにしたって、塩の浜の男には負けない腕っぷしを持っている。

どちらを向いてもひねり潰されそうで、この江戸から逃げるしかないと思い始めていた。

――俺もヤキがまわったものだ……。

両国橋までぶつぶつ言いながらたどり着くと、急に胸が悪くなった。

おみさの家を出てから屋台の酒を呷ったが、安価な酒で、なにか混ぜものをしていたのかもしれない。

橋袂で蓑助は胃の中の物を吐いた。

通りすがりの者たちが、忌みものでも見るようにして、蓑助を避けるようにして過ぎていったが、蓑助は睨み返す元気も失っていた。

妙に体が寒かった。

おいしとの離縁話を切り出すまでは、金がなくなれば空っ惚けて帰っていたが、舅の角蔵と対立してしまった今、塩問屋に帰る勇気はなかった。

――とりあえず、どこかに潜りこまなくては……。

のろのろと歩き始めた時、横を通り過ぎた人に見覚えがあった。

「先生……柳庵先生」

蓑助は消え入るような声で呼びかけた。

「福助、今何か言いましたか」

柳庵は立ち止まって、後ろに従う福助を振り返った。

柳庵は、近くの町屋に起居するお武家の隠居を往診しての帰りだった。

福助は薬箱を抱えて、しずしずと柳庵に従っていた。

どこでどう間違ったのか、近頃福助は柳庵よりも女形を気取り、しかも柳庵を大先生と思っているから、歩くのだって一歩下がっての恭しさである。

そろそろ徒歩での往診は止め、塗駕籠になさればよろしいのにと福助は言う。

だがそんなことをした日には、あの大好きな十四郎に嫌われる。お登勢にも敬遠される。だから柳庵は、努めて質素な医者を貫いているのであった。

そんなところに、あの訳の分からぬ男、そうそう、あの塩問屋の蓑助を橘屋に連れていくという失敗をしたものだから、先日も万寿院の往診をしたものの、柳庵は橘屋には立ち寄れなかった。

敷居が高くて訪ねることができないのである。

「先生、私はお呼びしておりません」

福助はなよとして言った。

「そうですね。今のはお前の声ではなかったような……」

ふっふっと笑って、柳庵がまた歩き始めると、

「柳庵先生、俺だ」

柳庵に取りすがるように現れたのは、あの蓑助だったのである。

「蓑……なんです、その顔は」

蓑助の顔は青白かった。

それに、どことなく追いつめられた野良犬のように悲壮な雰囲気をしょっていた。

「嫌ですよ、蓑助さん。また変な頼まれごとは……あなたのために、私、本当に迷惑したのですからね」

「すまねえ、すまねえが先生、今晩一晩だけ、泊めてくれませんか」

「冗談言わないで下さいな。あなたには立派なお家があるじゃありませんか」

「先生、もう帰れませんよ……」

蓑助は、ふっと肩を揺すってみせた。薄笑いを浮かべている。だがその目はやけっぱちで、自身を嘲って（あざけって）いるようにも見えた。

「蓑助さん、あんたのお陰で、先生がどれほど迷惑したのかご存じですか……先生はすっかり信用をなくしてしまったんですからね」

福助が二人の間に割って入って、口をとんがらせて言った。

「だから謝ってる。いや、この寒さだ、金もないから旅籠(はたご)に泊まる訳にもいかねえのさ」

「臭い。安酒を飲みましたね、臭いますよ」

「先生、冷たいこと言わないで下さいよ。俺だってこんなことしたくなかったんですから」

ふらりと柳庵に近づいてくる。

どうやら、足元もおぼつかない。

「先生、ほっときましょ」

福助が柳庵の袖を引いた。

だが柳庵は、

「しょうがない。蓑助さん、今晩一晩だけですよ。その代わり、私、あなたに聞きたいことがありますからね。いいですね」

どこかに気脈が通じるところがあるらしく、しぶしぶ承諾した。

大戸を下ろし、店を閉めた後の塩問屋富田屋の座敷は静かだった。

十四郎とお登勢は、重苦しい面持ちで、時折ちりりと音を立てる燭台の蠟燭の燃えるのに目を遣った。

座敷に火鉢も入っていて、熱い茶も出してもらっている。

その茶を喫すると、おいしの現れるのを待つばかりだった。

十四郎とお登勢は、店の閉まる頃を見計らって富田屋にやってきた。だが、主の角蔵は寄り合いで出かけていて、婿の蓑助はずっと帰ってきていないのだと、おいしは言った。

いずれにしても、二人が会いにきたのは、おいしである。

その旨をおいしに告げ、座敷に上がっておいしを待っているのだが、先ほどまで二人は店のほうから聞こえてくる、おいしの声を拾っていた。

おいしは、最後の客を送り出し、一日の終いを番頭やその他の奉公人に指図していたが、その声音には、憂いのひとつもないように聞こえた。

溌剌としていて曇りがなかった。

婿の不実を突きつけられている女房とは思えない快活さだった。

家の中に難儀を抱えている人間は、どこかでちらりとその屈託を覗かせるものである。

お登勢が今まで手を差し伸べてきた女たちは、皆そうだった。

ところがおいしは、それまでの女とは全く違った顔をみせている。

――おいしさんを育てた母親は、よほど芯の強い、事をわきまえた人だったに違いない。

いつの世にも、娘を知るには母親を見ろという言葉もある。

お登勢は、一年ほど前に亡くなったと聞いている角蔵の女房に思いを馳せた。

「お待たせ致しました」

さまざまに思いを巡らせていたお登勢と十四郎のいる座敷に、おいしが現れたのはまもなくだった。

「おいしさん。私ども橘屋のことは噂にも聞いたことがおありと存じますが、今日は、橘屋として参ったのではございません。お節介な親戚の女か、もしくは姉が訪ねて参ったものと考えて下さい」

お登勢はまず自分の立場を告げた。

「はい。先だっても、こちらのお武家様、塙様が父を訪ねて塩の浜まで来て下さいました。私は父からは格別のことを聞いてはおりませんが、私たち夫婦のことでご心配をおかけしていることは承知しております」

おいしは、店を切り盛りしている若いおかみさんとして、そつのない挨拶をしてみせた。

「それなら話は早い。おいし、お前には辛い話かもしれぬが、このお登勢殿も俺も、お前の婿殿がどんな男で、何を考えているのか、ここらではっきり知った方がいいのではないかと思ったのだ」

「……」

「おいしさん。わたくしたちは、あなたが不幸せになるのを黙って見ているのが辛くってね……本来ならこのようなことにしゃしゃり出ることはないのですが、おいしさんにわたくしたちが知った話をお伝えして……ええ、それでもですよ、このままの方がご自分が幸せと思うのならそれでもいいのですが、老婆心ですが、あなたの亡くなられたおっかさんに代わって、力になれればと思いまして」

「ありがとうございます。何をおっしゃりたいのか、おおよその見当はつきます。でも私、蓑助さんのそういう、私の知らない部分については、お聞きしたくありません」

「おいしさん……」

「人の欠点をあげつらっても、何の解決にもならないのですもの」

お登勢は、驚いた顔で十四郎と見合った。

「私、自分が見目のよくない女だってこと、よく分かっています。でも、そのことを気にしないようにしているんです」

「おいしさん……」

「蓑助さんに欠点があれば私にもある、見目が悪いという欠点が……おあいこの夫婦……そう思っているんです」

おいしは、苦笑して見返した。

「美人じゃないからこそ、綺麗な心でいようって、私、小さい頃から決めていたんです。不美人だから、人の心の痛みも分かるし、人の立場に立って物事を考えることができる。それは商売繁盛にも、その他の何ごとにも通じることだって……これは、亡くなった母から伝授された心です」

「まあ……」

お登勢は、思わず頬を緩ませて、十四郎と目を見合った。

「そんな話をしてくれた母は、娘の私が言うのもなんですが、本当に美しい人でした。私、母の腹から生まれましたが、何もかも父そっくりで……」

おいしは、くすくす笑って言った。

だがすぐに、顔を引き締めると、

「私、本当は別れたくありません。でもどうしても蓑助さんが別れたいというのなら仕方がありません。父は反対でしょうが……母もあの世でなんと言うか分かりませんが……それで、それで蓑助さんが幸せになれるのなら、それなら……うっ……」

おいしの笑顔が突然崩れた。

おいしは、顔を覆って泣いている。

今まで押し込めてきた哀しみが、一気に噴き出したようだった。

「おいしさん……」

お登勢は、おいしの背を、そっと撫でた。

――これ以上追い詰めては、可哀相すぎる。

お登勢は思った。

五

「蓑助、こりゃあいったい、どういうざまだね。塩問屋富田屋の名をどこまで貶（おと）しめるつもりなんだ。ん……」

柳庵にひそかに呼ばれてやってきた角蔵は、二日酔いで青い顔をして項垂（うなだ）れている蓑助に、今にも摑みかからんばかりの気配を見せた。

診療所の奥の居間には、十四郎も柳庵からの知らせを受けて駆けつけている。

さすがの蓑助も、身を縮めるようにして俯いた。

「皆さんにこれだけ恥を売り、世話をかけ、お前はそこまでして離縁状を欲しいのかい」

蓑助は返す言葉もなくうなだれている。

「答えろ蓑……私は今日は決心をしてここに来ている。おいしにはむごい結果になってもだ。これ以上暖簾（のれん）に傷をつける訳にはいかないんだよ」

「………」

「いいか蓑、どんな思いで、おいしとお前を一緒にさせたか分かっているのか……身寄りのないお前を富田屋の婿に迎えるという決心はどれほどのものだったか、お前には分かっているのか……すべて、おいしの幸せを考えてのことだったのだ」

角蔵の顔には、やりきれない思いが過ぎっているのか、蓑助を睨む拳が震えている。

角蔵は、その怒りの拳を押さえ込むように、浮き足立った腰を据え直して蓑助に言った。

「お前はおいしのことをずいぶんと蔑んだ言い方をしているらしいが、私にとっては、あれ以上の美しい娘はいない。あれ以上の可愛い娘はいない。何物にも代え難い娘なのだ。その娘にこれほどの仕打ちをしたんだ。私も覚悟はしているが、蓑助、お前さんにも覚悟をしてもらうよ」

「お、親父さん。じゃ、離縁状を」

蓑助は顔を上げて言った。

「ああ、書いてやるとも。しかし、お前が欲しがっていた金はやらん。びた一文やらん」

「お、親父さん」

「分かっているんだ。お前には女ができたんだ」

蓑助の顔を狼狽の色が包んだ。

「やはりな。私はね、商人は人としての付き合いもある。人としての幅も深さも身につけなければならない。だから女と遊ぶのはなんということもないと考えていた。だがお前さんは、どうやら、身も心も搦めとられたようだな。だから別れたいなどと言い出したんだ。まっ、好きにすればいい。おいしも昨夜、こちらの塙様に言ったそうだ。本当に蓑助さんが幸せになるというのなら、別れてもいいと……」

「おいしが……」

蓑助は、十四郎の顔を見た。

「お前は、あんな可愛い人を泣かせて馬鹿な奴だ……しかし蓑助、この次に泣くのはお前だぞ」

十四郎は厳しい顔で言った。

「な、何ですか。脅しですか」

「脅しなど言うものか。お前は女に騙されている」

「嘘だ。そんなはずはない」

「本当だ。今ここに橘屋番頭の藤七も参るが、その者に聞けば分かる。お前はおみさと、おみさの旦那に操られている。最初からお見通しなのだ。藤七が二人の話を聞いているのだ」

「嘘っぱちだ」

「嘘なものか。嘘だと思うのなら確かめてみろ。お前はどうやら恨まれていて、むこうはそれを晴らそうとしているらしいぞ」

「恨み？」

　蓑助の顔色が変わった。

　昔の話を塩の浜で面白半分にしたことはある。だがそれは虚実入り混じった法螺話で、本当の自分の過去は、まだ誰にも話したことはない。

　しかし、だからこそ恨みを受けているという十四郎の言葉は、蓑助の胸に現実味のある恐れとして押し寄せてきたのである。

　蓑助は蒼白の顔をして立ち上がると、外に飛び出した。

「あっ」

　部屋の外で藤七の声がした。

　やってきた藤七とぶつかりそうになったらしい。

入ってきた藤七は、角蔵の姿を認めると、

「十四郎様」

「富田屋さんもいらっしゃいましたか、ちょうどいい。蓑助さんを骨抜きにした
おみさの旦那のことがわかりました。名は常次郎……」

藤七は、角蔵に問いただすように顔を向けた。

「常次郎……」

角蔵は驚きの顔で見た。

「今は馬喰町にある得体の知れない旅籠屋の主ですよ。宿は博打場になってま
して、夜になると職人やあの辺りの旅籠屋に泊まっている客が集まっているよう
です。昔は富田屋さんがお住まいの小網町で人形店を営む『住吉屋』の跡取りだ
った男です。ひょっとしてご存じではないかと思ったのですが……」

「ご存じも何も、幼馴染み……」

角蔵の顔に動揺が走った。

「幼馴染みだと？」

十四郎は角蔵に聞き返したが、

「待て待て。すると何か、常次郎が積年の恨みを抱いているというのは、蓑助に

ではなくて富田屋、お前ということなのか」

　思いがけない展開に、十四郎は驚いていた。

「まさか、あのことを根にもって……」

　角蔵は呟く。

「富田屋、何だ、あのこととは……」

「亡くなった女房おひなとのことです。もう二十年も前のことです」

　角蔵は愕然とした顔になって、

「江戸橋の袂に小さなしるこ屋があったのですが、おひなはそこの娘でした。母一人娘一人、病弱な母親を庇いながら店を切り盛りしておりました。私と常次郎は、おひなをめぐって競いあっておりました。おひなに縁談を持ち込んだのも同じ頃だったと思います。おひながどちらを選ぼうとも恨みはなしだと約束していたのですが、私がおひなから同意の返事を貰ったと知った時から、常次郎は私と縁を切ると言ってきました。やがて住吉屋が潰れたと噂に聞きましたが、それっきりでした。会ったこともなかった。確かに、心のどこかに、時折針で刺されたような僅かな痛みを覚えましたが、もう昔のことです。忘れかけていた話です」

「すると、その常次郎という男は、二十年も前の恨みを晴らすために、自分の女をつかって蓑助を籠絡したということか……」

「許せん」

角蔵は小さく言ったが、その声には険しいものがあった。

同時に角蔵は立ち上がっていた。

「どうするのだ、角蔵」

「塙様、私はこのまま放ってはおけません。常次郎に会って話をつけてきます」

「それなら、私が案内いたします」

藤七も立ち上がった。十四郎に神妙な顔をして頷くと、角蔵と連れ立って師走の町に出ていった。

「大丈夫かしら、十四郎様」

隣の部屋から柳庵が心配そうな顔をして入ってきた。

「うむ、藤七がついている」

「いえ、角蔵さんのことではありません。蓑助さんのことです」

「蓑助……」

「ええ。胸騒ぎがするんです、私。いくらどうしようもない人間だといってもですよ、どうやら常次郎とかいう悪人に利用されているようではありませんか。なんだか命までとられそうで……」

「蓑助も目が覚めるだろう」

「それがですね。いざとなったら、女と心中してやるなんて……」

「何……心中だと？」

十四郎は厳しい顔で聞き返した。


「久し振りだな、角蔵」

馬喰町の旅籠屋『池田屋』の土間に入ると、綿入りの半纏を肩にひっかけた初老の男が、角蔵の来るのを待っていたかのように現れた。

「常次郎、お前もずいぶん変わったな」

「ふん。何が言いたい。己の成功を自慢しにきたのか……それとも俺の落ちぶれた姿を見にきたのか」

「話をそらすな、常次郎。俺がどんな用事でここに来たのか分かっているはずだ」

角蔵は大店の主とは思えぬ、どすを利かした声音で言った。

「さあ、分からねえなあ、俺には」

「じゃ、とっくりと話させてもらうぜ、常。ここに掛けさせてもらってもいいかい」

角蔵は、しんと静まりかえった家の、上がり框(かまち)を顎で指した。

「いいともよ、座ってくんな」

常次郎は平然と言いながら、角蔵に付き添ってきた藤七にちらりと視線を投げてよこすと、

「しかし、てえしたものだな、お前(めえ)も。立派な番頭を供にお出ましとは……まっ、結構なこった。俺から二世(にせ)を誓った女を奪い、その上店はますます繁盛してその歳まで順風満帆。このままいけば結構な一生を送ったということか?……ん?……しかしその陰で俺がどれほど悔しい思いをしたのか、角、お前、知っているのか……知らねえだろ?」

常次郎は挑発的な物言いをしながら、自身も角蔵に向き合うように片膝たてて腰を下ろし、肩を揺すって声もなく笑った。

「常次郎、いや、常……そんな昔の話を持ち出してなんになるのだ。おひなが俺を選んだのだ。俺はおひなを奪っていない」

「いいや、少なくても俺の方がお前より先におひなと知り合っていた。それなの

になんだ、後から来たお前がかっ攫ったのだ」

「常次郎」

「まあ待て、俺の話も聞いてもらおうか」

常次郎は、長い歳月の間に積もり積もったものを吐き出すようにしゃべり始めた。

それによると、常次郎はおひなを角蔵に奪われてからまもなく父親が死に、人形店住吉屋を継いだ。

だが、客のところに納めた人形の首が取れていたことで、縁起が悪いと大騒ぎになり、実際その家の隠居が、それからひと月も経たないうちに死んでしまったこともあり、住吉屋の人形を買えば命を落とすなどというよからぬ噂が広まった。

ただでさえ、そこいらの小さな人形店は、十軒店の大きな店の人形店からこぼれ落ちてきた客を拾って、得意先としているのである。

しかも人形は祝いごとや贈答品に使う場合が多く、一にも二にも縁起がいいというのが大前提である。

それを、人形の首が取れて死人まで出たと吹聴されては、店の屋台骨はひとたまりもない。

住吉屋は、瞬く間に潰れてしまったのであった。

それから、常次郎の苦悩の人生が始まった。

なにもかも失った常次郎が、友人の幸せを一方で見ながら、恵まれない暮らしに耐えるのは、容易なことではなかったのである。

当然のことながら、やくざな道に足を入れ、博打で手に入れたおんぼろ旅籠が、けちな人生を送ってきた常次郎の終の住処となりそうなのである。

女房も一度も娶ったことがない。

おひなへの思いを絶って、他の女を女房にするなどということは、常次郎にはできなかったのである。

「俺が他の女を女房にすれば、お前は救われた気持ちになったかもしれねえなあ……そうだろ、角蔵」

「常次郎、だからか、だから俺に復讐したいなどと考えたのか」

「黙って聞け……角蔵、お前が俺ならどうする……。俺はな、お前たちのことは、ずっと忘れるようにして暮らしてきたんだぜ。この歳になるまで、ずっとな」

しかし、半年前に近くの小間物屋の主が亡くなったと聞いた時、その主が自分と同年代だと知り、自分もこのまま負け犬で死んでいいのかという思いにとらわれたのだ。

「俺の人生の最後を飾るには、角蔵、お前に一矢報いる、それしかねえと考えたのだ。そしたらどうだ……」

そこまで話して、常次郎はくっくっと声を出して笑った。その目は角蔵をとらえているが、先ほどまであった恨みの色から哀れみの色に変わっていた。

「何が言いたいのだ、常次郎」

「お前のところの馬鹿婿がここに来たのだ。蓑助を見た時に、俺は思ったぜ。長年の恨みが晴らせると」

「常次郎、やっぱりそうか。それで蓑助に自分の女をあてがったのか」

「はっはっ」

常次郎は面白そうに笑うと、

「手段を選ばずだ。婿殿はおみさの手の中だ。一緒になれないなら心中をしたいというほどのものらしいぜ」

「常次郎……」

角蔵は、きりきりと歯を噛み締める。それすらあざ笑うように、常次郎は言い放った。

「そうだ、今頃死出(しで)の旅かもしれんな。塩問屋の婿が他人の妾と心中したとなりゃあ角蔵、お前の店の痛手は相当なものになるだろうよ。塩は汚(けが)れを清めるものだ。そうだろ、角蔵」

「野郎、蓑助を出せ」

角蔵は腕をまくり上げて、飛びかかった。

「角蔵さん、お止めなさいまし」

藤七が叫んで中に入った。

同時に、家の奥から数人のやくざな男が飛び出してきて、常次郎を庇うようにして立った。いずれも匕首(あいくち)を握っている。

「行きましょう。蓑助さんを助けてやるのが、先です」

藤七は角蔵の耳元に囁いた。

六

薄青白い冬の空に白い花が舞い降りたのかと思ったが、それは水鳥のようだった。

「おみさ、どこまで行くのだ」

蓑助は、引かれている手にくいっと力を入れて引き戻すと、先を行くおみさに言った。

おみさは、足を止めて振り返ると、

「この先から河岸に下ります。蓑助さん、臆したのではないでしょうね」

「まさか……お前の方こそ、本当にいいんだな」

「蓑さんと一緒なら、どこへでも……」

おみさは、黒い瞳で蓑助をじっと見た。

二人がいるのは、寒風が吹き抜ける今戸の橋の上である。

おみさが住む高砂町（たかさごちょう）の仕舞屋（しもたや）を出て、ひと目を避けるようにしてここまで来たが、蓑助はおみさの態度に今日はじめて、不審なものを嗅ぎつけていた。

おみさの本心が本当はどこにあるのか、この道行きで明らかになる……蓑助はおみさの正体を見届ける気分になっている。

おみさの至情（しじょう）を信じて疑わなかった蓑助は、柳庵の家を飛び出すと、まっすぐおみさの家に走った。

おみさは風呂屋から帰ってきたところらしく、鏡の前で髪をときつけていた。

蓑助は、振り返ったおみさの体に飛びついてそこに押し倒し、驚くおみさを乱暴に抱いたのである。

そうしてから、おみさの顔を鋭い目で捉えたまま、

「お前は、旦那に言われて俺をここに誘い入れたのか……俺を騙したのか……おみさ、誰が俺を恨んでいるのだ」

矢継ぎ早（やつぎばや）に聞いた。

「何を言うのかと思ったら、いったい何の話でしょうか」

「お前と、お前の旦那がぐるになって、俺を貶（おとし）めようとしている話だ」

「馬鹿ねえ、誰がそんなでたらめを言ったんですか。あたしが蓑さんにどれほど惚れてるかってこと、蓑さんが一番よく知ってるじゃありませんか」

おみさはいつものように甘い声で囁いたが、蓑助はおみさの表情が一瞬こわ張ったのを見逃しはしなかった。

「証拠を見せろ。俺に心底惚れているという証拠を見せろ」

「この間も言ったでしょう。一緒になれないのなら死ぬって。それほど愛しく思っているって」

「本当だな」

蓑助が念を押すと、おみさは怒って台所に立っていき、包丁を片手に戻ってきた。

「行きましょう、蓑助さん」

おみさは蓑助に、これから死出の旅に出ようと誘ったのだった。

蓑助にしてみれば、口では心中だのなんのと言うには言ったが、それは恋の一つの手管(てくだ)である。決行するという意味ではなかった。

ところがおみさは、これから本気で心中を決行しようというのであった。

「分かった、行こう。俺もお前と死ぬのなら本望(ほんもう)だ」

蓑助は頷いた。

二人はそれで身支度をした。

仕舞屋を出ると柳原(やなぎわら)通りに出、橋を渡ると隅田川沿いを北に向かって歩いてきたが、もう半刻もすれば陽も落ちる。

――本当に一緒に死ぬのか、この女は……。

蓑助はおみさの行動を半ば訝(いぶか)しく思いながら、もしもおみさが本気なら、もはや死んでもいい、つまらぬ俺の死に場所としては、大川の河岸はお似合いじゃないかと思えたのだ。

二人は黙って枯色の河岸に下りた。

春には草がいっせいに芽吹く隅田川の土手、しかし今は閑散として人の影もない。

「ここです」

おみさは、河岸にある小さな皿のような窪地を指した。

急いで腰の赤いしごきを引き抜くと、蓑助の顔を切ない目でじっと見詰めた。

「蓑さん……」

「う、うん」

蓑助は自分を鼓舞するように頷いた。

おみさは、蓑助を見詰めたまま、蓑助の手首を合わせ、ひと巻きふた巻きして、きゅっと結んだ。

すでに陽は西の山に頭半分だけを残し、周りの空は薄い陽の色が広がっている。

大川を行き交う船からも、二人の姿は容易にはもう見つかるはずもない暮れ色になっている。

「おみさ……」

蓑助が、今度はもう一方のしごきの端を取り上げて、おみさの手首に巻こうと

したその時、

「ごめんなさい、蓑さん。あたし……やっぱり蓑さんと一緒には死ねない」

蓑助の手を強く払うと、帯の後ろに隠してきた包丁を取り出した。

「おみさ、やっぱりお前、俺を騙したのか」

「何も聞かないで……」

おみさはいきなり、蓑助に斬りつけた。

「うわっ」

蓑助は体を捩じって紙一重でこれを躱すと、飛び上がるように立ち上がった。

「何をするんだ、おみさ」

叫びながら、手に結んだしごきを取ろうとして、口を結び目に近づけると、

「ううっ」

うなり声をあげたおみさが、蓑助の足元に沈むように倒れたのである。

はっとして、おみさのいた場所に視線を移すと、そこには見知らぬ男が二人、
匕首を握り締めて立っていた。

「約束が、約束が違うじゃないの」

おみさが声を振り絞って呻（うめ）いた。

「誰だ、なぜおみさを殺す」

「可哀相だが、旦那の言いつけでしてね、蓑助さん」

「旦那……」

「鈍いお人だ。おみさの旦那、常次郎親分のことですよ」

「何」

「詳しいことは知らねえが、あんたは常次郎の旦那の妾と不義を働き心中した。そういう筋書きになっているんだ。だからお前さんもここで死ぬ」

「ち、ちくしょう」

くるりと背を向けて、逃げようとした蓑助の背に、男の匕首が突き立てられた。

「ぐう……」

蓑助は膝をついた。

「死ね」

背後で匕首を振りおろす男の声がした。

——殺(や)られる。

目を瞑って蹲(うずくま)った蓑助の後ろで、どたりと鈍い音がした。同時に、

「野郎！」

もう一人の叫び声が聞こえたが、一瞬にしてその男も、忍び寄る薄闇の中に呻き声を上げて転がったようである。

——ああ……。

蓑助は、そのままそこに、つんのめるように転がった。

「蓑助、大丈夫か」

意識を失っていく蓑助を、抱き抱えた者がいる。

十四郎だった。

「だ、旦那……塙の旦那」

蓑助は、その顔を見上げて切れ切れに声を上げた。

「お前が仕舞屋に残していた走り書きを見て、追ってきたが、間に合って良かった……蓑助、これに懲りて、これからは真面目に生きろ」

「旦那……すまねえ」

蓑助は泣きそうな声を上げたが、反応したのはそこまでだった。

十四郎の腕の中で、意識を失ってしまったのである。

「十四郎様……」

藤七が走ってきた。

蓑助が柳庵の診療所に運ばれたのは、まもなくのことだった。

柳庵の手で手当てを施したが、あれからずっと眠り続けたままである。

お登勢や角蔵親子も枕元で見守り続けているのだが、いっこうに目の覚める気配はない。

「先生、蓑助さんは大丈夫でしょうか」

おいしは何度も柳庵に聞くのであった。

「大丈夫。十四郎様が今戸に駆けつけて下さったのがもう少し遅ければ、どうなっていたか分かりませんが……私の腕を信じなさい」

柳庵はそのたびに同じ返事を繰り返すのだが、傷は深い。

肩口で内臓は助かったようだったが、流血が著しく、もとから青い蓑助の顔は、死人のように白くなっている。

気がつくのを見るまでは、おいしも、傍にいる者たちも、正直安心する訳にはいかないのであった。

すでに夜半になっている。

周りは水を打ったように静かだった。

「蓑助さん」

おいしが叫んだ。

「おいし……」

蓑助が気がついたのである。

「蓑助さん、覚えていますか。十四郎様に助けていただいたのですよ」

柳庵が、早速脈をみながら、蓑助に語りかける。蓑助は、しっかりと頷いた。

「蓑助さん……」

おいしは感極まって泣き崩れた。

「おいし、す、すまなかった」

「いいのです。私、どんなことがあっても、蓑助さんが好きだから……恨んでなんかいませんから……だって、こんなちっとも綺麗じゃない私を、蓑助さんはお嫁さんにしてくれたんですもの……」

「とんでもねえ、おいし。お前は輝いて見えたんだぞ……そうだ、塩の花のように……清潔で、真っ白くて……」

「蓑助さん……」

「歌ってくれ、おいし。お前の歌を聞くと元気が出る」

蓑助は人目もはばからず、おいしの手を握った。

「十四郎様……」

お登勢が笑みを漏らして十四郎を見た。

――まったくだ。

命拾いをしたのはいいが、臆面もなく言葉をかわす蓑助とおいしの姿に、十四郎も苦笑してみせた。

アレきかさんせ　アレきかさんせ　アレきかさんせ
アレ化かしゃんせ　アレ化かしゃんせ　アレ化かしゃんせ
ニャンニャンニャン　フウフウフウ　コンコンコンコン
ケンケンコンコン　コンケンニャン

おいしは、小さな声で歌った。

声も出せずに口だけで蓑助が唱和した。

「十四郎様」

病室の戸が開いて、藤七が顔を出した。

「松波様が、たった今、旅籠屋池田屋を手入れしたようです。賭博のこともありますが、おみさ殺害と蓑助を殺そうとした罪は免れまいということでした。十四郎様にお伝えしてほしいと……」

「うむ、分かった」

十四郎は、お登勢に顔を向けると、静かに頷いてみせた。

第三話　侘助(わびすけ)

一

「新年早々、皆には心配をかけました」

　万寿院は方丈(ほうじょう)の御広間に着座すると、居並ぶ女たちや、十四郎やお登勢や金五たちに、言葉をかけた。

　万寿院の傍には春月尼(しゅんげつに)と柳庵が控えているし、お登勢の傍には藤七がいた。

　皆の前には膳が置かれ、膳の上にはささやかだが右手前にはお屠蘇(とそ)の盃、その横には雑煮、むこう側には右に煮物、左に干鮑(あわび)が載っている。

　祝い膳なら焼魚の一尾も添えられるところだが、皆修行中の身で、お酒や魚などは禁じられている。

むろん、縁続きの者が差し入れしてくれれば、酒や魚は別として美味しい物は頂けるが、差し入れもない女たちは、常々は一汁一菜で暮らしているのである。だからせめて正月ぐらいはと、この儀式の膳は、万寿院の志で用意されたものだった。

屠蘇は延命散をみりんで煎じたもので、また料理は精進でも、少しでも具の数を多くするように工夫されていた。

たとえば雑煮はすまし仕立てだが、餅、豆腐、芋、大根などが入っているし、煮物の具は、慈姑、山の芋、むかご、牛蒡、ぜんまい、蕨、蒟蒻、昆布、しいたけなどを煮染めたもの。

添えの鮑は、干鮑を茹でて柔らかくしたものを薄切りにし、酒で煮染めて、しょうゆと梅干しの汁で作ったタレをかけてあった。

女たちにとっては、たいへんなご馳走だった。

とはいえ、今日は正月三が日も過ぎた五日であった。

例年は一日に行う祝いの膳を五日にしたのは、万寿院の体調がすぐれなかったからである。

年の暮れから風邪をひき、万寿院自身は大事ないなどと言っていたのだが、柳庵が大事をとって床に臥すように進言したのである。

今日は風邪も快癒して、早朝より皆うちそろって仏殿で手を合わせ、それで祝いの膳を囲んだところである。

上臈格のおつねとおとよが女たちの中では上席に座り、次に御茶の間格のおそめ、おたつ、おまち、道代が座り、それから御半下格のおりせ、おくに、おしゅんたちが座している。

女たちに階級があるのは、入寺時の扶持金の違いによる。

格が上の者は、日々の生活で、様々な優遇があった。

たとえば灯油の量とか紙の量、風呂を使う時の順番とか、寺内の作業の内容とか……ただ修行は誰もが二年と決まっていた。

昨年のうちに何人かが寺を出ていったが、何人かが入ってきている。

慶光寺で正月を二回過ごせば外に出られる訳だが、今年二回目の正月をここで迎えたのは、おつね、おそめ、おりせ、おくにであった。他の者は去年入ってきた者である。

お登勢が盃を持って立ち、

「おめでとうございます」

と音頭を取った。

皆一斉に盃をささげて、おめでとうございますと唱和し、屠蘇をゆっくりと喉に流した。

ところが、

「うっ……」

盃を置くや、涙をこぼした女がいた。

矢島村の伊八の女房おそめだった。

おそめは、土地持ちの大百姓の家に嫁いでいたが、姑との折り合いが悪く、このまま同じ家で暮らしたら殺すか殺されるか、そんな切羽詰まった思いを抱いて寺に駆け込んできた女であった。

しかし今年で修行は二年目になる。

「おそめ、何を泣いているのだ。万寿院様の御前で、しかもお祝いの席だということを忘れたか」

金五が咎めるように言った。

「申し訳ございません。お許し下さいませ」

おそめは青くなって手をついた。

「かまわぬ。おそめ、心配事でもあるのかえ……話してみなさい」

万寿院が優しく尋ねた。

「万寿院様……」

「そなた、今まで一度も涙など流したことはないではないか。何があった……」

「いえ、何もございません。ただ、昔を思い出したのでございます」

「昔とは……婚家でのことか」

「はい」

「そなたは今年この寺を出ていく身だが、離縁は止めて婚家に戻りたくなったのか」

「いえ、そうではございません。こちらのお寺で平穏な暮らしができる幸せはありがたく思っています。ただ、不思議なことに、今の自分がそうであればあるほど、昔を顧(かえり)みることが多くなりました。本日もこうして皆様と新年をお祝いするお屠蘇を頂きまして、昔もこのような場面も確かにあったはずだと……飛び出してきた家の中にも、幸せがあったはずだと……その時のことをふっと……」

おそめの言葉は詰まる。

「おそめ……」

「寺入りした当初は、自分の苦しみを訴えたいということで頭がいっぱいでございました。ですが、近頃ではいろいろと冷静に考えることができるようになりました。いえ、だからといって、もとの鞘におさまりたいなどということではございません」

「おそめ、お前の気持ち、分かりますよ」

「万寿院様……」

「一年であれ二年であれ、五年であれ十年であれ、一緒に暮らしていれば、その間に人知れず夫婦が築いてきたものはあるはずです。それを断ち切ろうというのですから、人には言い尽くせぬ思いがあろう。それは生き別れであれ死に別れであれ同じこと……」

万寿院は、ちらりとお登勢を見遣ったが、

「妾とて、先代様のことを忘れたことはない。ましてそなたたちは生き別れ、それも傷つけ合った末に別れる苦しみは、ただ懐かしく昔を偲ぶという訳にも参るまい」

しんとした朝のしじまに、万寿院の声は皆の胸に染み入った。

誰からともなく、啜り泣きが聞こえてきた。

「おそめ、それから皆の者も、この寺に入るまでの日々の暮らしの中で幸せだった日の一日もない者がいるはずがない。しかしだからといって、なぜにここに来たのかと、そのことで自分を責めるでない。確かに出てきた婚家で幸せな日もあっただろうが、それを忘れてしまうほどの苦しみがあったということもまた事実であろう。だからそなたたちはここにいるのだ。よいか……昔のことは昔のこととして、その上で、二度とこのような哀しみに暮れることのないような日々を、この先、生きてほしい」

「万寿院様」

おそめだけでなく、皆口々に万寿院の名を呼んだ。

この万寿院の膝元にいることができるからこそ、救われているということは誰もが知っている。

女たちにとって万寿院は、ただ一つの、お釈迦様のような存在なのであった。

「お雑煮が冷めます。頂きましょう」

お登勢の声で、皆いっせいに箸を取った。

その時だった。

「待て、この野郎、待て！」

方丈の庭に、一人の職人ふうの男が、寺務所の小者（こもの）二人に追っかけられて入ってきた。

「近藤様、曲者（くせもの）です！」

小者の叫びを聞いた金五と十四郎は、庭に走り出た。

「ここは、お前などの入れぬご禁制の場所だ。門前の立て札に書いてあるぞ」

金五は十四郎と男を挟みうちにして言った。

すると男は突然、

「恐れ入ります。お咎めを承知で入って参りました。あっしの命は差し上げてもいいのです。ですがどうぞ、お聞き届けいただきたいことがござりやす」

男は方丈の座敷に向かって叫びながら、庭に跪（ひざまず）き、頭を擦りつけた。

「駄目だ駄目だ。何かは知らぬが、帰れ」

金五が男の腕を摑んだ時、

「待って下さい」

春月尼が廊下に出てきて立った。

「万寿院様がお聞きになっています」

春月尼は、ちらと障子の奥の座敷の中に視線を投げると、

「そのままの姿勢で申しなさい」

その男に言った。

「檜物師の新助だったな、間違いないな」

金五は、橋屋の帳場の裏の小座敷に、畏まって座った男に険しい顔で念を押した。

「へい。父の代から佐内町に住む檜物師でございます。と申しましても、まだあっしは父親の下で見習いをしておりやす」

新助は、剃り跡も新しい月代を上げ、金五を見た。歳は二十過ぎかと思える。目尻がぴんと緊張して見える締まった顔立ちの男である。

「ふむ……」

金五は、まじまじと新助を見た。

十四郎とお登勢、それに金五と藤七は、屠蘇を頂いたところで方丈の庭に侵入してきた男を引き連れて橋屋に戻ってきたのであった。

お登勢が万寿院に、橋屋で話を聞き、報告すると伝えたからである。ささやかな祝いの膳には、新助はいらざる侵入者。修行中の女たちに、ゆっくり正月を楽しんでほしいと思ったからである。

「それで、何を訴えたかったのだ」

「ある人を救ってやることはできないかと存じまして」

「お前の話ではないのか」

「へい。幼馴染みと申しますか、その人の方があっしより年上なんですが、同じ町内で育った仲です。その人がいま悪縁に苦しんでおりまして……」

「ちょっと待て、ある人というのは、人の妻か」

「へい。おひささんというんですがね」

「おひさ……」

「へい」

「まさかお前と不義の関係という訳ではあるまいな」

「とんでもねえ。おひささんの父親常吉と、あっしの父親新五郎は同じ親方の下で修業した仲間でございやして、間口二間（約三・六メートル）の表長屋を借りたのも同じなら、仕事も助け合いながらやっておりました。家族ぐるみの付き合いだったのでございやす」

「しかし、なぜおひさは自分でここに来ぬ」

「それが、身動きできないんです。女中が見張り役をしておりまして、あっしだって滅多に近づけねえ」

「いったい、どんな所に嫁いでいるのだ」

「室町一丁目にございます献残屋『赤松屋』です。おひささんは後妻でして、旦那の治兵衛とは親子ほども違う年齢でございまして……」

「歳が離れているからといって、不幸せだとはいえまい。かえって可愛がってもらえるということもあるぞ」

「いえ、そのようなことは考えられません。ともかく、順を追ってお話ししますから……」

新助は、初手から乗り気でない金五に不安を持ったのか、十四郎に、そしてお登勢に縋るような目を向けてきた。

――お登勢、どうする……。

金五の困惑した顔が、お登勢をちらりと見た。

お登勢は、頷いて、新助に言った。

「分かりました。自分の命をとられてもいい、幼馴染みを助けてやりたいというあなたの話、お聞きしましょう。ただし、願いを聞いてあげられるかどうかは分かりません。それで、よろしいですね」

「ありがてえ、恩に着ます」

膝を手で打つと、新助は身を乗り出すようにして今までの経緯を語った。

それによると、今から七年前、おひさが十六歳、新助が十四歳の頃のこと、おひさの父親常吉が郷里の若狭に帰っていった。

その時常吉は、おひさを取引のあった献残屋の治兵衛に預けていったのである。治兵衛の店赤松屋には、おひさの父常吉も、新助の父新五郎も、三方やさまざまな献上台などをおさめていたからその縁からだろうと、その時子供ながらに新助は思っていた。

献残屋は、大名旗本などから贈答品を安く引き取り、新たに贈答品を求める人にこれを販売して、その利鞘を稼ぐ商売である。

大名旗本から引き取る商品は上物ばかりで、それを次の客に販売するだけでも相当の利潤を得られるが、商いはそればかりではない。

一番多い客は、武家や町屋の結納結婚の客である。

武家はむろんだが、町屋でもたいがいの家は、縁起を担いで結納結婚の飾り物やさまざまの台を求めにきたから、これだけでもたいへんなものであった。

その赤松屋に奉公すれば、おひさは嫁入り道具だって自分で用意できるに違いない。

新助はその時、そんな風におひさのことを見ていたのである。

だから新助とおひさは、

「おいらが、ちゃんとした物を作れるようになったら、おひさちゃんの硯箱を作ってやるよ」

「本当？……約束よ」

そんな約束をして別れている。

ところが翌年、おひさの父親常吉が若狭の海で亡くなったという知らせが届くと、おひさは治兵衛の後妻に入るのだと、新助の家に挨拶に来た。

おひさは十七歳になっていた。

「金はあるだろうが、よりにもよって後妻になぜ行くのだ」

おひさのことを心配していた新助の父親新五郎がそう聞くと、

「おとっつぁんが、この江戸を出る時に私に言ったんです。この先、自分にもしものことがあれば、赤松屋さんを頼れ、話はできていると……ですから私は、あの言葉を父の遺言だと思って、それで……」

おひさは、そんな歯切れの悪い理由で後妻におさまったのであった。

新助、十五歳のことである。

それから七年、新助はおひさに会うことはなかった。

父親の新五郎が赤松屋の仕事から外されて、今は他の献残屋や結納屋や小間物屋などの仕事をしていることもあるが、新助自身もおひさがいる店の近くに用事があっても、赤松屋の店の前は避けて迂回（うかい）していたからである。

あんな年寄りの男にいいようにされて、それを考えるだけでもおひさが罰を受けているような痛ましい気持ちだったのである。

頭からおひさのことは離れたことはないが、会いたくはなかった。

ところが、この正月一日に、新助は友だちと待乳山（まつちやま）の聖天宮（しょうでんぐう）に初詣した時に、図らずもおひさと再会したのである。

おひさは、匂うばかりのいい女になっていた。

体つきもしっとりとして、紅の色も妖しげに光って見えた。

口元の小さなほくろがなかったら、見紛（みまが）うほどの女になっていたのである。

おひさの方も気づいたらしく、目を丸くして見詰めてきたが、傍に眉間（みけん）に皺（しわ）をよせた中年の女中がついていて、おひさはどうやらその女に気がねしているようで、小さく頷いてきただけだった。

いったんはそこで別れたが、ずっとおひさの暮らしを気にしていた新助は、友人と別れると引き返し、おひさを人込みの中に捜した。

おひさはちょうど、手を合わせてお参りしているところだった。

すばやくおひさの両隣を見てみたが、あの意地悪そうな女中の姿はなかった。

新助はすいと近づくと、手を合わせたままの姿勢で、おひさに聞いた。

「幸せなのか」

聖天宮は子授けや夫婦和合の効験(こうげん)あらたかで知られるところ、聞きたくもないそんな言葉を新助は投げかけていたのである。

すると、

「私には縁のない言葉です」

思いがけず、切ない言葉が返ってきたのであった。

──おひさちゃんは幸せじゃない。

直感した新助は、いても立ってもいられなくなった。

ついに翌々日、かねてよりひそかに作っていた硯箱を小風呂敷に包んで赤松屋に向かった。

硯箱はけっしておひさに渡すこともないだろうとは思っていたのだが、おひさを呼び出す道具になってくれたのである。

「こちらのお内儀から頼まれていた硯箱ができましたので、お届けに参りやした。ちょいと面白い細工をしておりますので、直接お話しさせて下さいやし」

出てきた小僧にそう言うと、小僧は何の疑念も抱かずに、おひさに取りついでくれたのである。

「やっぱり。新助さんだと思っていました」

新助が小僧から裏木戸に回るように言われて出向くと、おひさは家の者の目を盗むようにして、音もなく外に出てきたのであった。

「もう、立派な檜物師さんなのね……」

おひさはしみじみと硯箱を撫でていたが、

「昔が懐かしい……この家を出て昔の暮らしに戻れるのなら、どんなに幸せかしら」

声を詰まらせた。

「そんなに嫌なら、この家を出ればいいじゃないか」

「別れて、新しい道を歩めたらどんなに幸せか……でもね、恐ろしい人なのよ、あの人……そんなことをしたら殺されます。それに、おとっつぁんの遺言もあるし……」

おひさは悲しそうな顔をしたのである。

その時家の方からおひさを呼ぶ女中の声がして、おひさは急いで家の中に入っていったが、この時新助は、自分がおひさに代わって訴え出ようと決めたのであった。

「あの寺が男子禁制の場所だということは分かっていましたが、そういう事情です。お願いします。どうか、力になって下さいやし」

新助は、畳に額を擦りつけるようにして言った。

「献残屋ですか……」

お登勢は遠くを見た。その視線の先に、哀しい出来事が浮かんでいた。

お登勢と同じく、十四郎と金五にも、それは苦い事件として胸に残っていた。

それは、十四郎が橘屋の仕事を手伝うようになってまもなくのことだった。

寺に入っていたお夏（なつ）という女と、お夏をかばって無実の罪で八丈島（はちじょうじま）に流されていた清七（せいしち）という男が島抜けして江戸に戻り、お夏の両親の眠る墓の前で心中した事件だった。お夏の亭主は献残屋だった。

「献残屋の赤松屋は、室町一丁目でしたね」

新助に顔を戻したお登勢が憂いを含んだ目で言った。

二

「藤七、誰かと思ったぞ」

十四郎は、えりまきを深く被って古本の立ち商いをしている藤七の顔を覗くようにして言った。

「これは十四郎様……」

藤七は、箱の上に並べてある古本を取り上げると、さもその本の説明をするような素振りで、

「本日は大身の武家らしき男が参っております」

真向かいにある赤松屋の暖簾を目顔で指した。

藤七は、あれからこの目抜き通りの大通りで、寒風をまともにうけて古本屋に身を変えて、陽の明るいうちは赤松屋を張り込んでいた。

この様子では、肝心のおひさにはまだ会ってはいないようだと思いながら、十四郎は赤松屋の店の横手に待機している、駕籠に目を留めた。

それは藩邸の留守居役などがよく使う漆蒔絵を施したもので、赤松屋を訪れている客のものに違いなかった。

「なるほどな、あの駕籠では相当な身分の者だな……で、内儀のおひさには会ったのか」

「いえ。一度どこかに出かけましたが、新助の言う通り、中年の女中が張りついておりまして、容易に近寄れません」

「ふむ。すると、おひさからは何も聞き出せていないのだな」

「はい。無理に接触しますと、かえってこっちも怪しまれる。そうなると、おひささんが窮地に立たされて困るんじゃないかと……」

「そうだな。本人が駆け込んできた訳じゃないからな」

「いずれにしても、おひささんの口からはっきりと、別れたいのだという意思を聞かなくては、攫ってきて寺に入れる訳にもいきませんから」

「うむ。その心配なら、おひさより新助だ。あの気色では、やりかねぬ」

「心得ております。それは見張っておりますから、ご安心下さいませ。とはいえです、おひささんは細面の、美貌の内儀でございますよ」

「ほう……で、赤松屋の過去は分かったか」

「はい、少し……赤松屋はいっとき店仕舞いを噂されるほど商いは行き詰まっていたようです。ところが、七年前から盛り返して、今では献残屋仲間では一番の羽振りの良さだと聞きました。なにしろ、大藩の江戸藩邸の重役たちを取り込んで、接待饗応（きょうおう）も夜な夜な派手にやっているようでございますから」

「噂をすればなんとやらだ。お客のお帰りらしいな」

十四郎が顎をしゃくった店先には、恰幅（かっぷく）のよい商人が武家を見送って表に出てきた。

商人は丸顔で浅黒く、眉毛の濃いのが、遠くからでも分かる。主の治兵衛に違いなかった。その男の横に半歩控えて武家を見送っているのが、おひさのようだった。

なるほど藤七の言う通り、しっとりとしたいい女である。

十四郎は、通りすがりの者のように、ふらりふらりと店の前に向かってみた。

「どうぞお気をつけてお帰り下さいませ」

眉の濃い男、赤松屋治兵衛が腰を折ると、武家は鷹揚（おうよう）に頷いて、いったん駕籠

に近づいたが、ふと振り返ると、

「おひさ……」

おひさに好色な笑みを送った。

身を縮めるようにしておひさは腰を折ったが、駕籠に乗り込んだ武家を見送るその伏目は、恐れているように見えた。

駕籠が去り、亭主が奥にひっこんで、おひさはようやく顔を上げたが、十四郎と目が合った時、何か秘密を知られた人間が、戸惑い怯えるような、そんな色を顔に浮かべて、慌てて店の奥に引き返していったのである。

十四郎は、むこうの路上で店を張る藤七に頷いてみせると、そこからまっすぐ日本橋に向かった。

そして魚市でごったがえす北詰から南詰におりると、佐内町の新助の表長屋に向かった。

新助の父親新五郎の檜物師の立て看板はすぐに見つかった。

二間ほどの店先だが家は二階家で、一階が作業場になっているようだった。

戸を開けると土間で二人の職人が、煮立った湯に板を浸けているところだった

が、その後ろから、

「浸けすぎてもいけねえ。浸けが足りなくてもいけねえ。また板の厚さによっても湯に浸ける時間はまちまちだということを考えろ」

弟子たちに厳しい声で指導している初老の男がいた。

どうやらその男が新助の父親の新五郎のようだったが、新助の姿はなかった。

新五郎の後ろの板の間には、三方だの脚打ち(あしうち)だの、折敷(おしき)、献上台、お盆、茶びつ、蒸籠(せいろ)、柄杓(ひしゃく)や細工物の桶などが、それぞれ纏(まと)めて重ねられていた。

「ほう、見事なものだな、親父殿」

十四郎がひとあたり、新五郎の仕事を眺めて声をかけると、

「橘屋の塙様でございますね」

弟子への指南を中断して、新五郎が近づいてきた。

「そうだ。少し親父殿に聞きたいことがあって参ったのだが、新助はいるのか」

奥にちらちらちらと目を走らせた。

「あの野郎は旦那、おひさちゃんのことで頭がいっぱいで、困ったもんです。そんなことじゃあ、てめえに跡は継がせられねえ、そう今朝方怒鳴ってやったんですがね、効き目はありやせんや。この通り出払っておりやす。まっ、どうぞ上に

上がって、火鉢の端にお座り下さいまし」

新五郎はそう言うと、十四郎をひっぱり上げるようにして上に上げ、長火鉢の傍に座らせると、

「おい、お客さんだ。茶を淹れろ」

弟子の一人に言いつけて、自分は煙草盆を引き寄せた。

「で、お話というのは……」

煙草を吸いつけながら、新五郎がすくい上げるように目だけを向けた。

「少しおひさの昔を知りたいのだ。おひさの父親常吉のこともな。新助に聞いてみたが、あまりよくは知らないらしい」

「あいつはまだ子供でしたからね。あっしも大人の世界のことは、あいつには話しておりやせんでしたから」

「なぜ、おひさの父親は不意に江戸を出ていったのだ。それも娘一人を置いて……」

「それですがね、正直なところ、あっしにも分かりやせん。ひとつ分かってるのは、常吉さんは、直前に女房と息子を事故で亡くしてしまったということですかな」

「何……事故とはどのような」

「すぐ近くの楓川で二人とも溺れちまったんですよ。いやね、常吉が江戸を発つ三月前のことでした。暴風雨の日でした。おひさちゃんには弟がいたんですが、その弟が手習い所に行ったのを、おかみさんは迎えに行ったんですな。ところが二人揃っての帰りの川筋で、荷車にぶつかった。それで土手から弟が川に落ちたらしいんです……で、この息子を助けようとしておかみさんも水に飛び込んだが溺れてしまったと、まあ、こういう訳です」

「では、その悲しみに耐えられなくて、おひさの父親は江戸を引き払ったのか」

「まあ、そういうことでしょうが、おひさちゃんを、なぜ赤松屋なんかに預けたかということです。あっしもその時、おひさちゃんなら俺が預かるから安心しろと言ったんだが、いや、おひさの行き先はもう決めていると……」

「赤松屋とは親しかったんだな、お前と一緒に商品を納めていたと聞いているぞ」

「確かに商品は納めていましたが、それだけの関係だったんです。赤松屋は吝い男です。もとは浪速の出と聞いていますが、とにかく値切る。安く卸している商品を、まだ値切る。そんな男ですから、あっしも常吉も割り切って付き合っていたんです。よりにもよって、そんな男のところに可愛い娘を預けるなんて、あいつも女房と息子の死を前にしておかしくなっちまってたんでしょうね。今になってそう思いやす」

「……」

「そして一年後に、常吉は若狭の海で溺れて死んだんですぜ。親戚の者から知らせがきやしてね。それであっしはおひさちゃんに知らせてやりました。常吉の遺品は何もありやせんでしたが、ただひとつ若狭に引っ越す折に、奴からあっしは煙管(キセル)を貰っていやしてね。それを、女房息子のいる墓の下に入れておひさちゃんと供養をしてやりやした」

「そうか、そういう事情を抱えながら、おひさは後妻に入ったのか」

「へい。新助でなくても、あっしだって感心しませんや、あんな男の後妻に入るなんてね。そうでなくても、治兵衛には先妻が残した子が二人いて、その二人には今は支店を任せておりやすが、おひさちゃんに子ができなきゃ、赤松屋はその二人のものになり、おひさちゃんは追い出されるにきまっているんです。妾(めかけ)まで囲っているひひ親父に、なんでくっついてるのかと……」

「初耳だな、妾もいるのか」

「へい」

「ふむ……」

「よっぽど怖いのでしょうな、旦那が……なんでも奉公人の前でも平気でおひさちゃんを打擲（ちょうちゃく）するらしいですからな」

「それはまことか」

「へい。ですが旦那、この話は新助にはしねえでもらいたいんで……なにしろあいつは、今は何をしでかすか分かりませんから」

「お前はどう考えているのだ、おひさのことだが……」

「言うまでもありやせん。亡くなった常吉に代わって、なんとかしてやりてえ……別れられるものなら別れさせてやりてえと考えておりやす」

新五郎は、胸いっぱいに煙を吸うと、煙草盆に煙管を小気味よく打ちつけた。

三

「柳橋（やなぎばし）の袂にある出合（であい）茶屋『丸山（まるやま）』の前に、すぐに来てくれ……藤七という古本屋がそう言ったんだな」

十四郎は、口頭で藤七の伝言を持ってきた辻駕籠の駕籠かき人足に、念を押した。

「へい。そういうことです。旦那がこちらの長屋をお留守の時には、深川の橋屋という宿屋まで走ってくれと言われておりました」

「そうか、それはご苦労さんだったな」

「なあに、客も昼間のうちは少ないからよ、そんなこたあいいんだが、旦那」

駕籠かきは手を差し出した。

「藤七とかいうお人が、先に手間賃を払ったりすれば、伝言が伝わらねえかもしれねえ。だから、きちんと伝言を伝えた上で貰ってくれと」

「分かった」

十四郎は、懐から財布を取り出すと、一朱金を駕籠かきの掌に載せた。

「こりゃあどうも。旦那、あっしと相棒は、たいがい柳橋で客待ちしておりやす。また、使ってやっておくんなさいまし」

ぺこりと頭を下げる。

悪い人間ではなさそうである。

「うむ」

曖昧に頷くと、

「あっしの名は寅吉（とらきち）、相棒はここにはおりやせんが熊吉（くまきち）といいやす。何、顔が熊にそっくりですからね。すぐに分かりやすから」

寅吉はそう言うと、すばやい足取りで去っていった。

――こうしてはいられぬ。

十四郎は部屋の奥に引き返すと、刀を摑んで長屋を出た。

御府内はまだ正月気分といったところか、両国橋の西詰には、新年のお参りや挨拶回りで着飾った人たちの行き来が目立った。

十四郎は、往来する人たちを掻き分けるようにして大通りを横断し、大急ぎで柳橋の出合茶屋、丸山に向かった。

藤七は、丸山の表が見渡せる船着き場の石段に腰を下ろして見張っていた。

「どうしたのだ、誰がいるのだ……」

十四郎は藤七の傍にしゃがんで囁いた。その目は藤七と同じく、丸山を捉えている。

「嫌な予感がしております。最初にここにやってきたのは治兵衛です。私は治兵衛の後を追っかけてきたのですが、時を置かずして、十四郎様も昨日ご覧になった、あの、どこかの大身の武士がお忍びでやって参りました。それだけかと思っていましたら、今度はおひささんがやってきたのです」

「何……」

「おひささんは女中に伴われて入っていきましたが、まるでその様子は……やっ」

話を中断して驚きの声を上げた。

丸山の表におひさ一人が、胸を抱えるようにして飛び出してきたのである。

おひさは、裸足だった。

――何があった。

驚いて腰を浮かせた十四郎と藤七は、そのままの姿勢で息を呑んだ。

物陰から飛び出してきた人影が、おひさを抱き抱えたのである。

「新助さん……」

おひさは、抱き留められながら、その名を呼んだ。

その者は、新助だったのだ。

藤七の気づかぬうちに、新助はずっとおひさの動向を注視して、張りついていたに違いない。

「おひさちゃん」

新助は思わず強く抱き締めた。

「誰だね、お前さんは。人の女房に何をする」

おひさを追っかけて、店の奥から総髪の浪人を従えて出てきたのは、おひさの亭主の治兵衛だった。

「それはこっちで聞きたいよ。赤松屋の旦那、この人はあんたの女房だろ。その女房に何をさせようとしたんだい」

新助が叫ぶ。

「人の女房に関心を寄せるとは不埒な奴だ。不義で訴えてもいいのかね。近頃は年々歳々若い者が馬鹿になると嘆いていた人がおりましたが、なるほど、お前さんのような人のことを言うんだね」

治兵衛は、皮肉たっぷりに新助に言うと、おひさの腕を鷲掴みにし、

「まったく、亭主の私に恥をかかせて何を考えている。来い」

おひさをぐいと引っ張った。

「おひさちゃん」

新助が、もう一方の手首を取ろうとするが、総髪の浪人の手が伸びて、新助は

浪人の足元に音を立てて引き倒された。

「十四郎様……」

藤七が飛び出そうとするが、十四郎はそれを制し、険しい顔で頷いてみせた。

夫婦の仲がどうあれ、おひさの意向もまだ直接確かめたわけではない。だから、新助の言動は、出過ぎたお節介だと言われれば、返事に窮することになる。しかも、おひさと新助は不義の仲ではないかなどと訴えられたら、おひさは離縁が難しくなるだろうと思ったのだ。

腹を割かれた蛙のように伸びている新助に、十四郎と藤七が歩み寄ったのは、治兵衛たちが再び出合茶屋の中に消えた後だった。

「ちっ、こんなことになりはしねえかと、案じていたところだ」

新五郎は十四郎の長屋に入ってくるや否や舌打ちして、新助の有様に呆れ顔をしてみせた。

新助はあれからすぐに、八橋袂に群れていた駕籠かきの寅吉と熊吉の駕籠で十四郎の家まで運ばれ、柳庵の治療を受けたところであった。

十四郎は肋骨が折れているのではないかと心配したが、柳庵の診立てでは、大事ないということだった。

ただ、しばらくは痛むだろうから、無理はしないようにと言い、痛み止めの薬を置いていったのである。

新五郎が長屋にやってきた時には、柳庵が帰った後で、新助は晒(さらし)を襷のように肩から胸にかけ、火鉢の火に手を翳(かざ)して座っていた。

「親父、あの野郎はおひささんの体と引き換えに、商いをしようとしているんだ。許せねえ……そうだろ」

「塙様……」

新五郎は、新助が言った真意を問うような目で、十四郎を見た。

「おそらくな。俺も同じようなことを考えている。おひさがあの家で大切に扱われているとは、とても思えぬ」

「そうですかい……」

新五郎は、両膝を掴むように手を置いて、じっと畳の目を見て考えていたが、何かを決心したように顔を上げ、

「塙様、こうなったら、あっしもあらいざらい話しやす。いや、この新助にも知らせた方がいいかと思いやしてね」

苦しげな声を上げた。

「おひさの父親のことだな」

十四郎は、言葉を添えた。

おひさの父親常吉が、女房子供を失った傷心からとはいえ、たった一人手元に残っていた娘のおひさを他人の手に委ね、単身故郷の若狭に引っ越していったということが、どこかで納得できないでいた十四郎だったのだ。

「へい、そうです。実は……常吉はひょっとすると、重い罪を犯したんじゃねえかと……それで江戸にいられなくなったんじゃねえかと」

「何の罪だ……重い罪にもいろいろある」

「殺しです」

「何……」

「実は常吉は、女房と息子の溺死を、あれは誤って転落したんじゃねえ、殺されたんだ……そんな風に言っていたんです」

「事故ではないと……」

「へい」

新五郎が後で知った話によれば、常吉の女房おふきと息子の友次郎は、暴風雨の土手道で米問屋『羽黒屋』の荷車と行き違っている。

この荷車には大量の米俵が積まれていて、車の前後には車力が二人ずつついていたが、雨から商品を守るために、普段ならやらない無茶な引き方をしていたらしい。

御府内では、荷物を馬に運ばせるのは禁じられている。牛や車力の力で荷車を動かすのは許可されているとはいうものの、坂の多い江戸の町は、ちょっとした油断で荷車が暴走することがある。人出の多いところにこれが突っ込めば、たいへんな事故を起こすわけだから、幕府は特に、荷車による人身事故には重罰を科した。

だから各商店も、店の荷を運ぶ時には、細心の注意を払うわけだが、この日は強い雨と風で、米という俵の中身を守るために、車力も前後に払う注意を怠っていたに違いない。

「どけどけ！」

傘を斜めにさした母子を気にしながらもそこを通過したが、かすかな衝撃はあったはずだ。だが車力たちは、それを無視して走り抜けた。

ところがその時、一部始終を見ていた者がいた。その人の話によれば、俵にかけてある風でめくれそうな藍染めの布に、羽黒屋の名が白抜きされていたという。

そしてこの荷車が母子の傍を通り過ぎた時、友次郎がまず川に転がり落ちるのが見えたのだという。

母親は、走り抜けた車に向かって何か語気荒く叫んでいたようだが、すぐに辺りに叫び声を上げながら川に飛び込んだ。

折からの雨で川は増水していた。

泳ぎもできない母親が川に入ったところで、どうしようもない。すぐに二人は沈んでしまったというのである。

二人の遺体が見つかったのは翌日のこと。ずいぶん離れた場所の、流木の枝にひっかかっていたのを通りすがりの者が見て、番屋に届け出たのだというが、

「なぜ川に落ちたのか、その光景を見ていたのが土手下に小屋を造って暮らしている無宿者だと突き止めた常吉は、その無宿者から羽黒屋の名を聞いたんでございやすよ」

新五郎は、切なげな溜め息を吐いた。

だが、その顔を、新たな怒りの色で染めると、

「それで常吉は羽黒屋に乗り込んだんです。ところが、知らぬ存ぜぬの一点張り

で、業を煮やした常吉はお奉行所に訴え出たんです。しかし肝心の無宿者がいなくなっていたことから、常吉の訴えは退けられたんでございやすよ」

事はそれで収まったかに見えたのだが、一月後、羽黒屋の主増右衛門は、隠し女のもとに密かに通う道すがら、何者かに刺殺された。

「その下手人はまだ捕まっちゃあいませんからね」

新五郎は意味ありげに言った。

「親父、すると何か、常吉の親父さんが羽黒屋を殺したというのかい」

傍から新助が口を挟んだ。

「馬鹿、お前は黙って聞いてればいいんだ。俺は塙様に聞いていただいているんでえ」

「話は分かった」

十四郎は、黙って聞いている藤七と頷きあった。

「新五郎さん。あんたは、そのことを常吉さん本人に確かめてはいないんだね」

藤七が聞く。

「へい。常吉に疑いをかけるなど……そう思いやしてね。それに、事情が事情で、常吉が無宿者から聞いた話が本当なら、悪いのは羽黒屋です。お上が判断を下せないのなら、常吉じゃなくても夫として父親として、自ら手を下してでも敵を討ってやりたいと思うのは同じです」

新五郎は悔しそうな顔をした。

新助はむろん、居ても立ってもいられないといった風で、肩と胸に巻いた晒がもどかしそうだった。晒に嚙みついて嚙み切らんばかりに、きりきりしている。

「新五郎……」

十四郎は、組んでいた腕を解いて、新五郎を改めて見た。

「へい」

「おひさだが、父親のことをどこまで知っていたのだろうか」

「さあ……おそらく、知らねえと思います。なにしろあの頃は、おひさちゃんもこの新助も、子供に毛が生えたような年頃ですからね」

「しかしどうだろう。父親が何のために奔走しているのか、どんな切羽詰まった思いに駆られていたのか、薄々知っていたのではないかな」

「おひさちゃんがですかい」

新五郎が考えるような顔をして呟いた。

「たとえばの話だが、おひさは一部始終を知ったうえで、父親と治兵衛との繫がりを慮（おもんぱか）って、それで、どんなことがあっても身動きできないのではないかと……」

「そうだよ、親父。何か俺たちの知らない繋がりがおひさちゃんのおとっつぁんと治兵衛の間にあるに違（ちげ）えねえ。ちくしょう、こうしちゃあいられねえや」

「馬鹿、お前は怪我をした身だ。軽々しく動くな。かえって手間になるだけだ」

十四郎が制した。

「塙様、そりゃあないでしょう」

「おひさを助けたかったら、そうしろ。お前が必要な時には頼む」

「分かりやしたよ、旦那……」

新助は、膨れっ面をつくったが頷いた。

四

「お待たせした。遅くなってすまぬ」

北町の与力松波孫一郎が、三ツ屋の二階の小座敷に現れたのは、夜も五ツ（午後八時）近くだった。

十四郎と金五が、鉄砲和えや鱈汁、それに里芋の甘辛煮などを肴にして、熱燗でちびりちびりとやり始めたのが六ツ（午後六時）過ぎだったから、金五などは相当でき上がっていた。

「大事ない大事ない。ここは誰に遠慮することもないお登勢の店だ」

金五は調子のいいことを言って、松波を招き入れた。

「ごめん下さいませ」

すぐに仲居が熱燗を運んできた。

「近藤様や十四郎様と同じでよろしゅうございますね」

松波に念を押す。

「気を遣わないで下さい。酒を頂ければ十分です」

松波が遠慮がちに言うと、

「松波さん、いいんだって、ここは……お登勢は俺たちのような客は眼中にない。近頃では三月先まで予約客で満席だと言っていたぞ」

まるで自分の身内の店の繁盛を自慢しているような言い種である。

するとお登勢もそこに現れ、

「本当に近藤様のおっしゃる通りでございます。近々お茶漬けも始めようかと思っているのです。お茶は私が懇意にしています宇治のお茶を……お漬物は私が毎年蔵で漬けているものをと考えています」

「そりゃあいい。かの有名な『八百膳』は、茶漬けで一両二分もとったそうだぞ」

「私の店は、そういうことは致しません。お料理も一流なら接客する女たちも江戸随一。ですが誰でもちょっと頑張って働けば、ここで会食していただける、そういうお店にしたいと考えています。見栄ではなくて中身で満足していただく。それが私の信条です」

「ますます気に入りましたな。そうだ、料理切手も出せばいい」

「松波さん、そんなことはとっくにやっている。そうだな、お登勢」

金五がまたまた、得意げに伝えた。

「はい」

お登勢が小首を傾げて笑みを漏らすと、一同、この時ばかりは、屈託なく笑った。

そんな話をしているうちに、松波の前に料理が揃うと、松波は急に顔をひき締めて、懐から書きつけを出した。

「私の調べでは、当時羽黒屋を殺した疑いの強い者として、二人の名が挙がっていたそうです」

すっかり神妙な顔つきになっている一同を見渡した。

そして、紙片に書いてある名を指しながら言った。

「一人は、塙さんが心配している常吉という檜物師の男でした。常吉は羽黒屋が殺される直前に、女房と子供を殺したのはお前たちだ、などと羽黒屋に怒鳴り込んでいます。ただ、羽黒屋が隠し女を置いていたことは秘中の秘で、家の中でも番頭一人が知っていたぐらいですから、それを常吉が知っていたかどうか疑問です。ですから当時奉行所も、羽黒屋殺しの下手人を常吉だと断定できなかったのです。もう一人は……」

松波は、一息つくと盃を傾けて喉を潤した後、話を続けた。

「もう一人は、赤松屋の治兵衛です」

「赤松屋だと……まさか献残屋の」

「そのまさかです。赤松屋の治兵衛は昔羽黒屋に奉公していた者ですが、店を辞めて献残屋を始めた男です。いや、辞めたのではなく辞めさせられたと聞いています。治兵衛は後に、これは献残屋になってからの話ですが、あいつにいつか仕返しをしてやるなどと毒づいていたらしいですから、奉行所もそこのところを調べたようです。しかし、こちらも決め手となるものは見つからなかったようです。寺の小坊主が、羽黒屋が殺された時刻に、治兵衛は先妻の墓参りをしていたらしいのです。寺の小坊主が、墓参りをしている治兵衛を見ておりましたからね」

「しかし、偶然と言ってしまえばそれまでだが、その二人が後におひさを通じて特別の間柄になるというのもおかしな話だな」

十四郎は、小首を傾げた。

「確かに……おひさの父親と亭主だからな。やっぱり何かあるなこれは……」

金五は相槌を打った。

おひさは、水桶に父親が生前作った柄杓を入れると、一枝の白い椿を持ち、父親の墓地に向かった。椿はお茶の席に好まれる侘助といわれる楚々とした一重の花だった。

ここ築地の西本願寺内にある成勝寺には、父親の墓だけではなくて、母親と弟の墓もある。

年に二度、おひさはここに来る。

さすがにあの厳しい治兵衛も、墓参りとあっては外出を許可しない訳にもいかず、女中のおますを供につけるにはつけるが、昼間のうちに家に帰れば口やかましいことは言わない。

今日もおますは、見張り犬のようについてきたが、いつものことながら、本堂で出してくれたお茶菓子を、

「私が引き揚げてくるまで、ゆっくりここで頂いて待っていて下さい」

おひさは、自分の分もおますに勧めて、一人で庫裏を出てきたのであった。

正月の月の半ばである。さすがに墓に参る人は少ない。

おひさは、誰に邪魔されることなく、広い墓地の通路をゆっくりと歩み、家族三人が眠る墓前に着いたが、

「えっ……」

小さな声を出して、立ち尽くした。

墓前に、白い椿の枝が供えられていた。

侘助ではないが、白い一重の椿だったことからおひさはどきりとした。

――誰かお参りを……。

おひさは、周囲を見渡し、墓地の出口に続く通路に目を遣ったが、おひさの父

親の墓に参ってくれたような人物の姿は、見当たらなかった。

しかも、花入れにあるのは、一本の白い椿の枝である。

墓前に白い椿を供えるというその行為は、おひさ親子の昔を、それも父親と娘が人知れず庭で交わした話を知っている者にしか、思いつかない参拝の仕方だったのである。

それは母と弟が死んだ翌年の正月だった。

家族二人だけになった家の庭に、初めて白い椿の花が咲いた。

家は表長屋の、檜物師の職場と住居を兼ねた家だったが、裏に二坪ほどの庭があった。

物干しのための庭だったが、引っ越してきた時に母親が、庭の隅に白い一重の椿を植えた。

母はその時、侘助というこの花はお茶の席に使う上品な椿らしいなどと言っていた。

椿の木は二尺（約六一センチ）にも満たない、細い幹だった。

物干しの部分は高くて陽も当たったが、地面まではなかなか陽が届かず、そのせいか母が生きているうちは、一度も花を咲かせたことがない椿だった。

ところが母が亡くなった次の年の正月に、僅か一輪だが、白い花をつけた。

「おひさ、おっかさんだ……あの花はお前のおっかさんに違えねえ。おふき……」

常吉は、女房の名を呼んで椿の花の前で泣いた。

おひさも、間違いなく、花は母の化身だと思った。

「おひさ、これからは毎年、花が咲く頃に、この一枝をおっかさんの墓に供えてやろうじゃねえか」

そんなことを言い出したのは、父親の常吉だったのである。

しかし、常吉が江戸を去り、おひさが今の亭主の治兵衛の店、赤松屋に引き取られることになってしまうと、椿は家の庭に置き去りにされることになった。

引き抜いて持ち運ぶこともならず、泣く泣くおひさは別れを告げたが、次の正月の月に父が亡くなったという悲報を受け、新五郎とかりそめの葬儀を行ってまもなく、椿が気になって昔の家に行ってみた。

おひさはこの時、治兵衛の後妻におさまっていた。

昔の家は、住人が下駄職人夫婦になっていたが、自分は昔住んでいた者だと話し、植えていた椿を引き取らせていただけないかと申し出てみると、快く承諾してくれた。

おひさはさっそく、この椿の木を赤松屋の庭に移植した。

日当たりも良く毎年花を咲かせるようになり、おひさはこの西本願寺にお参りに来る時には、必ず一枝手折(たお)ってくる。

今目の前に供えてある白い椿は、葉の形も花そのものもおひさの持ってきた椿のそれとは違う。しかし、白い椿を墓前に供えれば、亡き父母が喜んでくれるということを知っている人間が墓参りをしてくれたということになる。

おひさは、父親の常吉が、生前に作った柄杓で桶の水をすくい、何度も墓石に水をかけながら、

――いったい、誰が……。

気持ちは落ち着かないでいた。

――新五郎おじさんにも話したことはないし……。

「まさか」

おとっつぁんではなかろうかと思ったが、すぐに打ち消した。そんなはずはなかった。

静かな動揺に襲われた時、手を合わせるおひさの後ろに人の気配がした。

はっとして振り返ると、

「お武家様……」

そこには、あの柳橋の出合茶屋での騒動の時、治兵衛に引きずられながら、ちらと新助に走り寄るお武家の姿を見たが、そのお武家が立っていたのである。むろん、十四郎だった。

「俺は塙十四郎という……」

十四郎は、なぜここに来たのかという経緯を手短に告げ、

「歩きながら話そう」

墓前に手を合わせると、先に立った。墓の前で話をするのは、さすがに憚られたのである。

おひさは、神妙な顔でついてきた。

「おひさ……」

十四郎は、俯いて黙然として歩くおひさの陰のある頰をちらと見て、

「新助があれほど案じているというのに、なぜお前は、赤松屋から逃げ出さないのだ」

じんわりと聞いてみた。

乾いた草履の音を立てながら、しかしおひさは、やはり無言だった。

「おひさ、父親の遺言があるといっても、それはあんたが幸せに暮らしていればのこと。親父さんは娘が今のような扱いを受けるなどとは、夢にも思わなかったはずだ」

「別れたい……でも、恐ろしいのです」

おひさはぼそりと言った。

「今のお前の暮らしを知れば常吉だって、お前を赤松屋に託したことをきっと後悔するに違いないのだ……」

「ええ、きっと……おとっつぁんが生きていれば……」

おひさはふと呟いて立ち止まり、墓石を振り返った。

十四郎もつられて振り返る。

「でも誰かしら、あの椿の花を供えて下さったのは……」

こちらから見て僅かにそれと分かる緑の葉を、おひさは捉えて言ったのである。

「心当たりはないのか」

十四郎は探るような目を向ける。

「ええ……」

おひさはつい先ほどまで追想していた、自分と亡くなった父親しか知らない椿の話を、十四郎にしたのである。

「ほう……」

十四郎もおひさが目を注ぐ椿の緑を見返した。

「こんな不思議な話があるものかと……」

顔を戻して歩み始めようとしたおひさは、前方に住職の姿を捉え、はっと何かに気づいたような顔をした。

おひさは急いで住職に歩み寄った。そして、母親の墓に参ってくれた者を見ていないか尋ねてみた。その人は、白い椿を供えてくれた人だということもつけ加えた。

「ああ、椿ね、それなら覚えていますよ。袈裟をかけた在家のお坊さんでしたが、寺内にある白い椿一枝を頂きたいということでしたので、差し上げましたが……」

「お名前は？」

「所縁（ゆかり）の者だということだけ……」

「顔は……その人の顔は覚えていませんか」

おひさは憑かれたように聞く。

「人相ですか……そうそう眉の、右ですね、あれは。右の眉が途中で切れていたような……剃刀で切り落としたといいますか、そんな形をしていました」

「おとっつぁん……」

おひさは思わず叫ぶと、驚きのあまり眩暈を起こしてくずおれた。

「しっかりしなさい」

十四郎は、急いでおひさを抱き留めた。

五

「お民ちゃん……お民ちゃん」

お登勢は、十四郎に話を中断してもらうと、お民を呼んだ。

お登勢の膝前には、油紙の上に、扇子と、扇子を入れていた桐箱とが分けられていて、それぞれ小高く積まれている。

それらはこの正月に、取引先や知人が年始の挨拶に持ってきてくれたお年玉用の品だったが、お登勢はそれを一つ一つ吟味して分けていたのであった。

頂いた扇子は奉公人たちに下げ渡してやるのだが、桐箱は「払扇箱買い」に引き取ってもらうことになっている。

払扇箱買いはこれらの箱を買い集め、今度は「払扇箱売り」として町を回り、来年の年始用に桐箱を必要と考えているお客に、これを買い取ってもらうのである。

つまり、こういった儀礼に使うものは、たいがい使い廻しをするのである。江戸府民は礼儀を重んじるが、けっして資源を無駄にすることはない。

橘屋もむろん年始回りには桐箱入りの扇子を使うが、扇子にも桐の箱にも橘屋と名が入れてある。

だから、頂きものを橘屋として次の年に使い廻しすることはなく、余所から頂いた扇子や桐箱は、奉公人や買取り人に引き受けてもらうのだった。

「お登勢様……」

お民が顔を出すと、

「お扇子はおたかさんに渡して、おたかさんから皆に配って下さい。それからこの箱は、いつもの人に引き取ってもらって下さい」

「承知しました」

お民がそれぞれを敷物にしていた油紙ごと抱えて出ていこうとすると、

「そうそう、桐箱を引き取ってもらった代金ですが、いくらにもならないと思いますが、万吉に渡してやりなさい」

お登勢は思い出したように言った。

「万吉ちゃんに？」

「ええ、手習いの筆や紙を買うお金にするようにと……読本も欲しいでしょうから」

「お登勢様……」

お民は嬉しそうな顔をした。万吉には口うるさい姉さん役だが、弟のようにも思っているお民である。

「万吉ちゃんが喜びます。ありがとうございました」

お民は部屋を出るや、

「万吉ちゃん……万吉ちゃん」

嬉々として万吉を呼んでいる。

お登勢は、その声が遠くなるのを待って、

「すみません、お話を中断してしまって……。それで、おひささんは大事なかったのですね」

十四郎の前に座り直して、改めて十四郎の顔を見た。

十四郎は、西本願寺の墓地で、おひさが気を失いかけたところまで話したところだった。

「うむ。寺の庫裏に運ぼうとしたのだが、すぐに気がついた……」

その時十四郎は、おひさは父親の死を疑っているのではないかと、咄嗟（とっさ）に思った。

十四郎は、気をとり戻したおひさを、墓地を出てすぐの腰掛けに座らせた。

そこからは、女中を待たせている庫裏の出入り口も見えるし、寺を訪れる檀家の者たちの様子も分かる。

十四郎は、女中がまだ外に現れていないのを確かめてから、小声でおひさに問いかけた。

「おひさ、常吉は故郷の若狭の海で死んだそうだが、死体は上がらなかったと新五郎から聞いている。どうだ、お前は父親の死を信じているのか……」

「……」

「疑っていたのだな」

「信じたくないのです、たった一人の肉親まで亡くなったなんて……」

「ふむ」

「生きていてほしいんです。たとえ、おとっつぁんがどんな過ちを犯していようとも……」

おひさはぽろりと言った。だがはっとして顔を上げ、

「いえ、仮の話です。仮にそうであっても、という話です」

つい口が滑(すべ)ったというような、狼狽をみせた。

「いいのだ、何を言っても……俺たちはお前の味方だ。話してみなさい……ん？」

覗くようにして十四郎が見返すと、おひさはやがて、一点をじっと睨むと、

「一昨日のことでした……」

何かを決心したように話し始めた。

「私、回向院にご開帳の観音様を拝みに行ったのですが、誰かに見られている感じがしておりました。それで振り返ったんです。すると、御堂の陰に人の影がすっと消えたのを見たんです。その時に、墨染(すみぞめ)の衣の端を見たような、そんな気がしました。注いでくる視線も悪意のものではないと感じていましたので、私、仏様のお顔を拝んだ私に、仏様がお慈悲でおとっつぁんの影に会わせてくれたのだ

と思いました。きっと何かの錯覚だと思いますが、そういうふうに考えると、少しは気持ちも安らぎますから……」

おひさは、寂しげな笑みを漏らした。

「おひさ、錯覚ではないかもしれぬぞ」

「塙様……」

「先にも申したが、常吉の死体を見た者はいない」

「………」

「もしも生きていればおひさ、常吉は何をおいてもお前に会いたいと思うはずだ。そうは思わぬか……お前だってそうだろう」

十四郎がそう言うと、おひさは切なそうな顔をして俯いた。

やはりおひさも、父親が死んだ話は半信半疑のようだった。

「おひさとはそれで別れた」

監視役の女中が出てきたからだと、十四郎がそこまで話し終えた時、お登勢が言った。

「そう言えば、今年一番に始まった回向院のご開帳ですが、若狭の浄蓮寺の十一面観音とか……」

「若狭の？」

「ええ、これは私の臆測で、むろん常吉さんが生きているとしての話ですが、常吉さんは出開帳の一行に紛れこんで江戸に入ってきているのではないでしょうか」

「うむ」

「自分が生きていることを世間に知られることもなく娘の顔をひと目見たいと思った時、出開帳の一行に紛れることは、道中にしろ、江戸での滞在にしろ、好都合というものです」

「俺もそれを考えていた。おひさを陰から見ていた者、常吉の墓に白い椿の花を供えた者、花の由来を聞いたからなおさらだが、常吉をおいて他にはいない」

「十四郎様……」

「お登勢殿、常吉は生きているな。生きてこの江戸に舞い戻っている」

「はい。私もそのように思います。椿の花は、密かに自分の存在をおひささんに伝えようとしたのに違いありません。常吉さんの無言の言葉だったのです」

「ただ、ひとつ案じられるのは、そうやって表に出られない、逃げ回っているところをみると、やっぱり常吉は羽黒屋を殺（や）った、そうとしか考えられぬ」

十四郎は厳しい顔をして言った。

だがお登勢は、

「仮にそうでも、十四郎様。真実は何なのか、ここまできたら、見極めなくては……そうでございましょ」

お登勢は、しっかりと頷いてみせたのである。


「私が若狭の浄蓮寺の檀家総代、山城（やましろ）屋市左衛門（いちざえもん）と申します」

十四郎と藤七が、回向院の僧坊の一つを訪ねると、奥から出てきたのは、袖無しの綿入れを羽織った初老の男だった。

若狭では相当の商人のように見受けられたが、温厚な感じがした。

「橘屋さんとおっしゃる御用宿のお方だとお聞きしましたが……」

市左衛門は、上がり框に膝を揃えると、怪訝な顔を向けた。

「その通りだ。実はひとつ尋ねたいことがあって参ったのだが」

「はて、何でございましょうか」

「こたびのご開帳で参られた一行の中に、私が捜している者がいるという噂を聞いたのだ。本当にその者なら是非にも会いたい」

「何とおっしゃるお人でしょうか」

「常吉という」

「常吉さん……」

「そうだ。この江戸で暮らしていた時には、檜物師だった男だ。歳は、五十近く
……」

「残念ですが、常吉さんとおっしゃるお方は、一行の中にはおりません」

「いない？……そうか、名前を変えているかもしれぬな」

十四郎は独りごちて、

「では、こういう人相の者はいないか……右の眉毛がすぱっと切れたような男だ
……いないか」

とらえて放さぬ目で見詰めた。

「それでしたら、竜蔵さんですね」

「竜蔵だと……」

「はい。常吉さんではなくて竜蔵さんです」

「その者の眉は、すぱっと……」

「はい、切れてます、切れてます」

「会わせてくれぬか」

「今はご開帳の堂の中で、観音様を護っています。もうすぐ交替となりますから呼んできましょう。上に上がって暫時お待ち下さいませ」

市左衛門はそう言うと、奥の板の間に十四郎と藤七を案内し、部屋で雑用をしていた若い男に、竜蔵を連れてくるように言いつけた。

見渡すと、部屋には梱包を解いたような荷物があり、片側には布団も積み上げられていた。

十四郎と藤七が、部屋の中ほどにある火鉢の前で、出涸しの茶を啜っていると、先ほど表に走った若い者が、一人の初老の男を連れてきた。

「この人が竜蔵さんです」

市左衛門は、若い男が連れてきた男を指して、そう言った。

間違いなく眉の切れた男だった。

「あっしが竜蔵でございますが……」

眉の切れた竜蔵は頭を下げたが、顔を上げた時、竜蔵の表情には警戒心がありありと見えた。

「竜蔵……いや、常吉だな」

「旦那……」

驚愕した目が、十四郎の問いに対する何よりの答えになっていた。

「やはりそうか……常吉、俺たちは、お前の娘おひさの幸せを願っている者だが、少し聞きたいことがある」

「お、おひさに、おひさに何かあったんですか」

常吉は思わず問い返す。

もはや取り繕う表情ではなかった。

「私は席を外しましょう」

市左衛門は、気を利かして、そそくさと外に出ていった。

十四郎は、部屋に三人しかいなくなると、静かに言った。

「常吉、俺たちはお前をどうこうしようとして訪ねてきたのではないぞ。新五郎親子がおひさの苦労を見るに見兼ねて、助けてやってほしいと橘屋に訴えてきたのだ。俺たちもそれとなく調べてみたが、おひさは、口に出すのも憚られるような苦労のある暮らしを強いられている」

十四郎は、これまでに見てきたおひさの暮らしを、常吉に話してやった。

「おひさが、まさかおひさが、そんな暮らしを……」

常吉は愕然として手をついた。

「西本願寺の墓地に花を供えたのも、お前だな」

「へい……おひさのことは、別れてからこの七年間、夢に見ない日はございやせんでした。年々歳々、年を重ねるごとに、おひさに会いたいという思いが募りやした。しかし、自分がここに生きているぞと会いに行けば、おひさを不幸にするばかりか、治兵衛の旦那にも迷惑をかける。そう思って我慢して参りやしたが、罪を犯した者も人の子でございやす。人の親でございやす。娘の顔をどうしても見てえ。死ぬまでに一度でいい、おひさの幸せをこの目で見れば、安心できる。そんな思いにかられまして、あっしをこれまで支えてくれた国の親戚の者たちに頼みこんで、このご開帳の一行に入れていただいたのでございやす。でも、いざとなると、会いに行く勇気もねえ……。それで、せめて墓参りをして椿の花を供えておけば、おひさは、あっしが遠くから見守っていると思ってくれる、そう思いましてね……」

「それにしても常吉さん、なぜ、あんな男に、おひささんを託したんですか。おひささんはあの家を逃げ出したくても、父親のあんたの最後の言葉を遺言だとして、逃げるに逃げられないでいるんです」

藤七が横合いから口を挟んだ。

「おひさ……」

常吉は手をついた。唇を嚙んだ目が、固く握った拳を捉えている。

「あっしが浅はかでした。治兵衛の旦那の言葉を真に受けちまったんでございやす」

常吉の声は小さかったが、後悔に満ちていた。

「すると何か……常吉、羽黒屋を殺ったのは、やはりお前か」

「へい」

「そうか、おひさはそれを知っているのだな」

「いえ、そんなことはありやせん」

常吉はかぶりを振った。

「いや、知っている……墓地でおひさはこう言ったのだ。たとえ、どんな過ちを犯していようと生きていてほしいとも……」

「まさか……」

「そうだ。おそらく、治兵衛が言ったのだ。だからおひさはあそこから逃げられないのかもしれぬ」

「おひさ……」

常吉は激しく瞬（まばた）きを繰り返した。今にもあふれ出そうな感情を、必死で堪（こら）えているようだった。

だが、きっ、とその顔を上げると、

「塙様、なにもかもお話しします。おひさを助けてやって下さいまし。おひさを助けて下さるのなら、あっしはなんでも致しやす。この命、惜しくはございません」

常吉は十四郎の顔を見返した。

常吉の話によれば、七年前、女房と息子の不慮の死は羽黒屋のせいだと知った常吉は、罪を認めろと羽黒屋に怒鳴り込んだが、羽黒屋は歯牙（しが）にもかけない傲慢（ごうまん）な態度で常吉をたたき出した。

歯ぎしりしながらその話をたまたま行き合わせた治兵衛に吐露した常吉は、治兵衛から思いがけない言葉を貰った。

羽黒屋には俺も恨みがある。お前がその気なら、一緒に敵を取ろうじゃないか

……治兵衛はそう言ったのである。

常吉にとってその言葉は、なにものにも代え難い、力強い言葉だったのである。しかも治兵衛は、羽黒屋の秘密を握っている。誰にも知られずに殺す方法があるのだと囁いた。

さらに、ほとぼりが冷めるまで江戸を出るのなら、娘は俺が預かってやる。自分の娘のように手を尽くしてやるから、娘のことは心配するなと、そこまで言ってくれたのである。

常吉はそれまで、羽黒屋を自分の手で殺したくても、おひさのことを考えると二の足を踏んでいた。

だが、治兵衛の手助けがあれば決行できる。

萎(な)えかけていた憎しみが再び燃え上がり、常吉は迷いを振り捨てて羽黒屋殺しを決意した。

「旦那……治兵衛の旦那は、羽黒屋が密かに情を通じている女が、人の妻だということを知っていたんです。それで、その女の名を連ねた手紙を出して羽黒屋に呼び出しをかけやした。しかも、五百両という大金まで要求したんです」

「五百両だと。羽黒屋はその金、持ってきたのか」

「言うことを聞かなければ不義を訴えると書いてあるんです。言いなりでした」

「どこに呼び出した」

「楓川の土手の下でした。羽黒屋はのこのこやってきました、まさか殺されるとは知らずに……」

「で、二人で殺ったのか」

「治兵衛の旦那が羽黒屋を羽交い締めにして、あっしが胸を匕首で……」

「手を下したのはお前か」

「へい……」

「愚かな奴」

「……」

「すると、治兵衛が羽黒屋を殺した時刻に、亡くなった女房の墓参をしていたというのは嘘だったのだな」

「いえ、そんな話は知りません。初めて聞きました」

「そうか、分かったぞ。常吉いいか……治兵衛は自分の身代わりをつかって墓参りをさせたのだ。お前一人に罪をなすりつけるためにな」

「……」

「常吉さん、あんたはやっぱり、利用されたんだ」

藤七が横から溜め息混じりに言った。

「気の毒なのはおひささんだ。治兵衛はおそらく、羽黒屋を殺ったのはお前の父だと、それとなく言っているに違いない。自分の言うことを聞かなかったら、お前の父の罪を世間にばらすと……だから、あの家を出られないのだ。常吉さん、あんたは、わざわざ娘を悪党に預けたことになる」

「番頭さん……」

常吉は藤七の話を石像のような顔をして聞いていたが、

「きっちり始末をつけさせてもらいやす。この江戸に急に帰ってきたくなったのも、なにかのお導き……きちっとおひさのために始末をつけてあの世にいけというお導きだと存じやす。治兵衛の旦那に会って決着をつけてきます」

怒りの目で言い、藤七と十四郎を交互に見た。

「まあ待て。お前一人で行かぬ方がいい」

「なに、あっし一人で大丈夫でございます。おひさを離縁してくれないというのなら脅してやります。あっしが出るところに出れば、旦那もお咎めを受けるんだと言ってやれば決着はすぐつけられます」

「一歩間違えば、お前の命の保証はないぞ」

「あっしは死人でございやす。もとから死んでいる人間です」

「常吉……」

「おひさが幸せになれるのなら、何度だって命など捨ててもいい。旦那、あっしにもしものことがあったその時には……おひさに伝えていただけませんか。馬鹿な父親だったと……すまねえことをした、許してくれと……」

常吉は、ついに泣いた。

臆面もなく涙をこぼしている常吉の姿は、もはや六十にも近い老人に見えた。

六

常吉は、薄闇の中を急いでいた。

一人で治兵衛に会ってはならぬと十四郎から念を押されていたのだが、その約束を破って回向院を先ほど抜け出してきたところである。

十四郎と藤七には、治兵衛と会う時には、必ず知らせると約束した常吉である。

だが実のところ常吉は、十四郎と約束する以前に、治兵衛を柳橋の北側、隅田川沿いの河岸地に呼び出していた。

その時は、まさか対決などということは思いもよらず、ただ、おひさが世話になっている礼を言うつもりだった。

だが、おひさの苦難を知った今、命を賭けても治兵衛と対決し、おひさを自分の手に取り戻さなければと決心している。

――治兵衛がいうことを聞かなかったその時には、この道中差で斬ってやる。

常吉は、腰に差してきた道中差を固く握った。

死人が治兵衛を殺したって、それは処罰のしようがない。そう思った時、常吉には怖いものはなくなっていた。

――もしも治兵衛が来なかったその時には、このまま奉行所に自訴しよう。

常吉は、そこまでの決心をしていたのである。

いずれの選択も、自分の命は捨てるより他になかったが、苦労をかけたおひさへの償いのつもりであった。

暮六ツの鐘が鳴り始めた。

常吉は、腹に力を入れて河岸地に立った。

はたして、時の鐘が鳴り終わる頃、

「久し振りだな、常吉」

治兵衛が浪人一人を従えて河岸に現れた。

「まさか、江戸に舞い戻っていたとはな。知らなかったぜ」

治兵衛はやくざ者のような口調で言った。

「治兵衛の旦那、おひさは幸せに暮らしていますか。教えて下さい」

「そうか、お前、おひさのことを尋ねたくて……なにごとかと思ったぜ」

治兵衛はくすりと笑い、胸を張って常吉に言った。

「決まってるじゃねえか。おひさはな、なに不自由なく暮らしているぜ。芝居だ物見遊山だとたいへんだ」

「そうですかい。約束通り幸せにね……恩に着ます」

「約束したろう、幸せにするって」

「へい、ありがてえことです。ところでずっと気になっていたんですが、あの折あっしに熱心に語り聞かせてくれた、羽黒屋への恨みごととはどんな恨みでございましたか。今更ですが教えてもらえねえかと思いましてね」

「何を言うのかと思ったら、常吉、寝ぼけた話はいい加減にしてくれ。羽黒屋に恨みがあったのは、お前だろ。俺には関係ない話だ」

「旦那、忘れたんですかい。自分にも深い恨みがある。一緒に晴らそうと、旦那が羽黒屋を後ろから羽交い締めにして、あっしが刃をふるったのを……いや、それぱかりか、あっしの刺し方が手緩いと、旦那が転がっている羽黒屋にとどめを刺したのを……」

「常吉、お前……」

「旦那、あっしは旦那を信じて、すべての罪を背負って江戸を出たんですぜ。ところが、七年経って戻ってきたら、旦那、おひさにずいぶんなことをしてくれてるというじゃありませんか」

「な、何を言っているのだ」

「旦那、最後のお願いでございやす。どうぞ、おひさを離縁してやって下さいやし」

「馬鹿も休み休み言え。おひさは一度も俺に離縁したいなどと言ったことはない」

「離縁をしてくれないというなら、旦那、あっしは訴え出ますぜ。脅しじゃねえ」

　常吉は腰に手をやった。

「分かった。言う通りにしよう」

治兵衛は、にやりと笑みを浮かべながら頷いた。

懐から折り畳んだ紙片を取り出すと、

「離縁状を書こう。しかしここは暗い。柳橋の辺りまで一緒に来てくれ」

治兵衛は言い、浪人と先に立った。

「よし、行こう」

常吉は治兵衛の後を追った。

だがまもなく、常吉の腹を突然激痛が走った。

先を歩いていた浪人が、突然刀を引き抜いたかと思ったら、いきなり後ろを向いて、常吉の腹に突き立てたのである。

「ぐう……」

よろよろと河岸地に倒れた常吉に、とどめの一撃が振り下ろされようとしたその時、

「待って下さい。おとっつぁん！」

おひさが闇から走り出てきた。

「お、おひさ……」

常吉が苦悶（くもん）の表情を見せながら、おひさの腕に縋りつく。

「おとっつぁん、しっかりして」

「おひさ、すまねえ。許してくれ」

「おとっつぁん」

抱き合う二人を、治兵衛は冷たい目で見下ろして言った。

「退け、おひさ」

「退きません」

おひさは、父親を庇って立つと、言い放った。

「旦那様、私を騙したんですね。私、旦那様の様子がおかしかったので尾けてきたんです。この後ろの闇で、なにもかも聞きました。まさか、まさか、このような……」

「黙りなさい。退け、退くんだ」

「退きません。私は旦那様から、父だけが罪人のように聞いておりました。旦那様は、最初から父も私も利用したのです」

「ふん、大口を叩いて。おひさ、お前も命が惜しくないんだな」

「私は、あなたに、とっくに命を奪われています。ここにいるのは屍のおひさです。おとっつぁんと一緒に死ねるならそれでもいい」

「そうかい、それほど死にたいと言うのなら聞いてやらねば……」

治兵衛は、一歩二歩と静かに下がると、

「構わないから、殺っておしまい」

傍の浪人に叫んだ。

「おかみ、悪く思うな」

刀をひらひらさせて、浪人が近づいてきた。

「おとっつぁん」

「おひさ」

抱き合った二人に、ふっと笑みを消した浪人の一撃が飛んできた。

「待て……」

その時、青黒く染まった薄闇の中を走ってきた者がいる。

「誰だ」

誰何（すいか）した治兵衛に、走ってきたその者は、羽を広げたむささびのように飛び掛かっていった。

十四郎だった。

十四郎は、有無をいわさず治兵衛の頰を張り、治兵衛がよろめいたところで、両手で襟を摑んで引き寄せた。同時に治兵衛の鳩尾に自身の膝を、思い切り突き上げた。

治兵衛は、声を発することなくそこに崩れた。

「来るのか」

じろりと後ろの刀を構えた浪人に向く。

「くそっ」

土を蹴って浪人が飛び掛かってきた。

十四郎は、抜きざまに浪人の剣を払うと、足を踏みかえ、振り上げた刀を、浪人の肩に振り下ろした。

その時、浪人の刃が十四郎の頰を突いてきたが、十四郎の刀が浪人の肩で鈍い音を立てたのが僅かだが早かった。

「うっ」

浪人は肩を押さえて蹲った。

「神妙にしろ。お前は生き証人だ。まもなく町方が来る」

十四郎は、浪人の喉元にぴたりと刃を突きつけた。

「おとっつぁん、しっかりして……おとっつぁん」

闇におひさの叫びが響いた。

「今のうちにお別れを……」

柳庵は、常吉の手首から手を離すと、おひさに頷いた。

十四郎とお登勢は、思わず目を合わせた。

柳庵のところに常吉を運びこんだのは五ツ前、それからずっと診療所のこの部屋で、おひさをはじめ、新助や新五郎も呼び、看病を続けてきたのだが、もはや常吉が目を覚ますことはなかったのである。

「おとっつぁん……おとっつぁん」

おひさが枕元で叫ぶが、常吉からの反応はなかった。

「ちくしょう。神も仏もねえのか」

新助は拳を畳に打ちつけた。

「常吉、目を開けてやれ。おひさを見てやれ」

新五郎が耳元で叫んだ。

「おひさ……」

小さな声が、常吉の唇から漏れた。

「おとっつぁん……おとっつぁん」

おひさが取りすがって叫ぶ。

「治兵衛は北町のお役人に捕まったぜ常吉、おひさは離縁できるんだ。こんな時に死んでどうする。生きて、生きておひさちゃんと幸せに暮らせ、常吉」

新五郎が、常吉の体を揺するようにして言った。

だが、常吉の返事はもうなかった。

常吉は、新五郎に体を揺すられながら、一筋涙を流すと、静かに息を引き取ったのである。

「おとっつぁん！」

おひさが常吉の胸に突っ伏して号泣した。

「馬鹿な奴だぜ。お前、何も二度死ぬことはねえのによ」

新五郎も泣いた。

「常吉さん。おひさ족さんは預かりましたからね……」

お登勢は、おひさの背を撫でながら、白い顔の常吉に囁いた。

第四話　雪見船

一

「お、お助け下さいませ。尾けられているんです。殺されそうな気がするんです」

女は、凍りつくような空気を身に纏って、橘屋の玄関に駆け込んできた。

雨でも降っているとみえ、黒髪がひときわ艶やかに光っている。

ほどよく肉のついた腰、鼻が高いというのではないが均衡のとれた目鼻立ち、唇はことのほか愛らしい女であった。

女が玄関に入ってきたとたん、たちまち周りはしっとりとした空気に包まれる、そんな香しい色香があった。

ところが女は、殺されるかもしれないなどと聞き捨てならない言葉を発し、いましがた駆け込んできた玄関の戸の方を、怯えた顔で振り返る。追っ手が気になるらしかった。

「暫時お待ちを……」

応対に出た藤七は、土間に下りて草履をつっかけると、外に走り出て表の通りを確かめた。

時刻は八ツ（午後二時）を過ぎたばかり――。

だが、橘屋の前の人通りはまばらだった。

怪しい者など、どこにも見当たらなかった。

藤七の視界に入ってきたのは、傘をさして足早に行く人たちだった。

橘屋の軒下など、だれも注視する者はいなかった。

――そうか、霙（みぞれ）が降っているのか……。

藤七は掌を突き出してその感触を確かめると、すぐに玄関の中に引き返し、怯えた顔で藤七を待っていた女に言った。

「大丈夫でございますよ。怪しい人の姿など見当たりません。とにかくお上がり下さいませ」

「ありがとうございます」

女はほっとした表情を見せた。

そのとき突然玄関の開く音がして、女はぎょっとしてその方を振り返った。

「寒いな、霙だ」

戸口に立ったのは、十四郎だった。

十四郎は傘を畳んでひと振りすると、戸を閉めて中に入り、藤七の傍にいる女を見た。

藤七は、穏やかな顔をつくって女に告げた。

「ご安心なさい。こちらは塙十四郎様とおっしゃいまして、当宿の御用をお助けいただいているお方です」

「あっ」

女は小さな声をあげると、

「よろしくお願い致します」

神妙な顔をして腰を折った。

――ふむ、武家の妻女か……。

十四郎は、玄関で女に挨拶をされた折、咄嗟にそう思っていた。

だが、帳場の裏の小部屋に入り、お登勢と一緒に女の前に座った時、女は名をみのと名乗り、通新石町に暖簾を張る唐物と骨董の店『桑名屋』の主の妻だと言った。

予想に反しておみのは町屋の妻女だったのである。

「桑名屋さんといえば、異国の珍品や高価な物品を扱っておられるお店としてつとに有名だと聞いております。私もあの辺りに出かけました折、外からですが桑名屋さんを拝見しました。落ち着いた、立派な店構えだったと記憶していますが……」

そんな結構なお店の内儀が、なぜにここに駆け込んできたのかと、お登勢は意外な顔をしてみせた。

おみのが、ただの町場の女将ではないことは、お登勢も感じているようだった。

「夫は三郎兵衛と申します。優しい人だと思っていましたが、半年前からでしょうか。わたくしは見張られていると感じるようになりました。どこに行っても、何をしていても、どこかでわたくしを監視している目を感じるのです。それも、命をとられそうな恐ろしい視線です」

「何か思い当たることでもあるのですか」

お登勢は尋ねながら、さりげなくおみのの顔を観察している。

「いいえ」

おみのはとんでもないというように、首を左右に振った。

「嫌なことをお聞きします。たとえばご亭主が甚助(焼餅)を起こすようなことが、あなたの方にあったとか」

「まさかそんなことは……」

「しかし、ご亭主が見張りをつけるという時には、女房が役者狂いをしているとか、誰かと不義をしているのではないかとか、まあ、そういうところだと存じますが」

「本当にそのようなことはございません」

おみのは強く首を振った。

「では、誰かに恨まれているようなことはございませんか」

「恨みですか……」

おみのはちょっと考えていたが、

「それも心当たりはありません」

「そう……まるっきり思い当たる節がないのにそんな目に遭っているというのは理不尽ですね」

お登勢は傍で聞いている十四郎に、ちらと視線を送ってきたが、すぐにおみのに視線を戻し、

「ひとつお聞きしたいのですが、ご亭主とおみのさんとの歳の差ですが……」

「ええ、十五違います」

「十五……十五も違えば、見張りたい気持ちも分からないわけではありませんね。と申しますのも、一昨年だったでしょうか。似たような訴えをされたおかみさんがいらっしゃいました。調べてみますとこれが、可愛い女房が自分のいない所で何をしているのか知りたいなどと人を雇って、お内儀を見張らせていたのです。行き過ぎたご亭主の愛情から起きたものでしたが、おみのさんのご亭主も、そんな気配はございませんか」

「さあ、それはないと存じます。歳は離れていても、わたくしは三郎兵衛に拾われた女でございますから」

「拾われた？……どういうことだね」

聞いたのは十四郎だった。

おみのは心許(こころもと)ない表情を見せながら、

「ええ……」

「三年前の冬のことです。地震の後の倒壊した建物の下から、わたくし、三郎兵衛に助けてもらったのです」

「三年前の地震とは、降っていた大雨が突然止んだと思ったら、地震に見舞われ、御府内のあちらこちらで家屋が倒壊し、沢山の死者を出した……」

「はい、そのようです。そのようですというのは、わたくしは気を失っていたところを助けてもらいましたので、地震に遭ったこと自体、覚えていないのです。三郎兵衛に助けられた時には、わたくし、過去の記憶をなくしていたのです」

「まあ……では、いまも？」

「はい」

「お気の毒な……」

お登勢は十四郎と顔を見合わせた。

「ただ、これは三郎兵衛から聞いたことですが……」

おみのは言いにくそうに話を続けた。

三郎兵衛に助けられた時、おみのが誰かの妻だったことは、その身なりから明白だったという。

　それも、武家の妻女だったというのである。

　そこで三郎兵衛は、あちこち手を尽くして、お武家の妻女で名をみのという人が、地震の時より行方知れずになってはいないか、人手を尽くして聞き回ってくれたのだが、何しろ被災した人間は多く、とうとう身元が分からないまま数か月が過ぎた。

　半年ほど経った頃、おみのは三郎兵衛から、夫婦として暮らさないかと持ちかけられたのである。

　三郎兵衛はそれまで一度も妻帯したことはなかったらしい。

　ところが、記憶を失ったおみのの世話をしているうちに、おみのを妻にして、失った心の空洞を埋めてやりたい、そんな感情が生まれたのだと、三郎兵衛はおみのに言った。

　どれほど大きな商いをしていようとも、桑名屋は町人である。

　一方のおみのは、記憶をなくしたとはいえ、町人ではない。

　二人の間には、通常ならば身分の差が横たわっている訳だが、おみのには身寄りがない。いくら武家の出だと言っても、その証拠もない。

三郎兵衛の申し出は、そういった互いの身分にも配慮した上でのことで、もしも気が進まなければ、他人としてそのままこの家にいてもらってもいいのだとつけ加えた。

しかし、おみのには分かっていた。

このまま三郎兵衛の親切を甘んじて受け続けることはできないことを——。

人の関心と噂は、二人の仲がいったいどうなっているのか、興味津々だったのである。

変な噂が広がれば、三郎兵衛に迷惑をかけることは明らかだった。

三郎兵衛は商人としても、きちっと世間に向けて、けじめをつけなくてはならないところに来ていたのである。

むろんそういった雰囲気は、おみのは十分に感じていたし、記憶を失ったとはいえ、分別はきちんとわきまえていた。

おみのはすぐに、三郎兵衛の申し出を受け入れた。

三郎兵衛といることの心強さは、おみのが誰よりも分かっていたからである。

身元の分からないおみのにとって、三郎兵衛は唯一頼れる人だったのだ。三郎兵衛とそうなるのは、むしろ自然のなりゆきだったと言ってもよい。

だが、人の気持ちというものは頼りないものである。身の保全ができたとほっとしたのも束の間、折節に、ふっと、この人の妻でいてはいけないのではないかと思うようになっていた。

一方では、そんな考えをちらとでもおこすこと自体、三郎兵衛に恩を仇で返すことになると、密かに悩みながら、それでも尚おみのの心は揺れた。

おみのはここにきて、過去を見極めぬままに三郎兵衛の妻でいることの罪をふつふつと考えるようになっていた。

その気持ちの変容を三郎兵衛が気づかないはずがない。

おみのはそこまで話すと、はたと気づいたような顔をして言った。

「ひょっとして、夫はそういうわたくしの心の揺れを誤解して、わたくしにいい人でもできたのではないかと、疑っているのかもしれません」

ふっと不安にかられたような顔をした。

「おみのさん、つかぬことをお尋ねしますが、夫婦の仲は……そう言えばお分かりだと存じますが、いかがですか。うまくいっていますか」

お登勢はさらりとした言い方をした。

「いえ……それがもう……わたくしがいけないのですが……」

おみのは恥ずかしそうに俯いた。

「なるほどね、それならご亭主が見張りをつけるのも頷けます。さきほどもお話ししましたが、今までにもなかった話ではありません」

「ええ……」

「おみのとやら、そういうことなら、ざっくばらんにご亭主に話してみたらどうなのだ?……その方がすっきりするのではないのか」

茶を喫していた十四郎が、その手を止めておみのの顔を見た。

「……」

「話せないのか」

十四郎はじっと見る。

おみのは小さく頷いた。

「とても分かってはもらえない、そう思います」

「分かりました。そういうことならお引き受け致しましょう。お互いの誤解が解ければ、あなたはここに駆け込む必要はないのですから」

お登勢は、小さく胸を叩いた。

ところが、

「いえ……わたくし、桑名屋の女将でいるのが辛くなったのです。このままですとどっちつかずで、記憶から消えてしまった前の夫に対しても、三郎兵衛さんに対しても、悪いことをしているような気分になるのです。だったらいっそ離縁をした方が良いのではないかと……」

「おみのさん、あなたの気持ちは分からない訳ではありませんが、あなたは、自分を責めることはありません。ただ、三郎兵衛さんが嫌いで別れたいのならともかく、そんな理由で離縁まで考えることなどおやめなさいまし。ねえ、十四郎様」

「そうだな、少々混乱をしているように見受けられる。まずは、誰が、どういう理由でそなたを見張り、狙っているのか、それを調べるのが先決だ。身の危険を感じるのなら、この宿にしばらく逗留しなさい。ご亭主には俺がその旨伝えておこう」

「ありがとうございます。よろしくお願い致します」

おみのは、神妙な顔で手をついた。

二

「おみのが橘屋さんに駆け込みを……それも、私が始終見張りをつけているというのですか」

桑名屋三郎兵衛は、十四郎の話を聞いて、言葉を失ったようである。

狼狽と困惑と哀しみが入り混じったような顔をして、

「おみのは、私をそんな風に見ていたのですか」

寂しそうにぽつりと言った。

三郎兵衛の膝元には、庭に落ちた陽の色が障子を通して届いているが、いかにも弱々しい。

桑名屋の庭でそうなのだから、他の小さな家の庭の陽の色はもっと薄いに違いない。

なにしろ、今、十四郎と藤七が通された座敷の前には、広くて手入れの行き届いた庭があり、白壁の土蔵も見えた。

桑名屋は両隣の店とは比べものにならないほどの敷地を有しているのである。

しかし、それほどの身代を築いている主の身の上にも、下世話な煩悩が生まれるのだから、人の世は分からないものである。

一見した限り桑名屋は恰幅が良かったが、別に威厳を誇示しようとする種類の人間ではないらしく、常に目尻に笑みを湛え、温厚そうな人柄に見えた。

だが、十四郎が伝えた話は相当予期せぬ打撃を与えたようで、次の言葉が見つからないようである。

「お内儀は、見張られているということで疑心暗鬼になっている。お前がそれほど落胆することもなかろうと存ずる。見張っているその者を取り押さえれば済むことだ」

「私は断じてそんなことは致しません」

「ふむ」

「確かに、おみのが外でどんな人と会い、どんな話をしているのか興味はあります。しかし、もっと気になるのは、おみのもそうであるように、そりゃあ私だって前のご亭主は、どんな人だったのだろうかと思いますよ。私に見せているのと同じ表情を、前のご亭主にも見せていたのかと……それを嫉妬というのならそうかもしれませんが、しかし、おみのは言わば顔のない女子です。ひとことで悋気と申しましても顔のない、のっぺらぼうの女子への悋気は際限もなく底無しで疲れ果てることになりましょう。ですから私はなるたけ、おみのの昔については考えないようにしておりました。その私が見張りをつけるなど……」

三郎兵衛は庭の薄陽に目を泳がせると、

「あなたにはお分かりになりますまい。ぽっかりと過去が抜け落ちた女房を持った亭主の気持ちは……」

小さく溜め息を吐いた。

「桑名屋、それだが、ちと聞きたいことがあるのだが……三年前のことだ。お内儀を救い出した時のことを話してくれぬか」

「はい……あの時の地震は塙様もご存じだと思いますが、この御府内一円が激しく揺れました。揺れたのは三度でしたが、老朽化した家が多数壊れました。幸い雨が降った後だったために火事は免れたようですが、身元不明の死者が市中にはたくさんいたと聞いております。倒壊した建物の下敷きになった人たちでした。私もあの日、商用で下谷（したや）のさるお屋敷から引き上げてくる途中、神田の河岸で地震に遭いました。神田川を挟んで、手前も橋むこうも激しく揺れて、家の倒れるのが見えました。地震のために店が壊れても何とかなりますが、火事が起きては、どうしようもありません……」

三郎兵衛は当時手代の佐助（さすけ）という男を供に連れていたが、荷を背負った佐助を急がせて神田川に架かる和泉橋（いずみばし）を渡り、柳原通りを西に走っていた。

地震の時には、広い通りを歩くのが常套（じょうとう）である。

筋違御門（すじかいごもん）まで走り、火除（ひよけ）御用地から店のある大通りに入ろうと思ったのである。

ところが、柳森（やなぎもり）稲荷の前を走っている時、稲荷の一部ががらがらと音を立て壊れるのを見た。

同時に女の悲鳴を聞いたのである。

走り抜けるべきか助けるべきか迷ったが、このまま素通りしては向後悔やむことになるかもしれない。

三郎兵衛は、大通りから右に入って、壊れた稲荷の残骸の中をざっと覗いた。

女が古い木の柱の下の、僅かの隙間に挟まるようにして倒れていた。

腰を屈めて手を伸ばし、女の手の脈を探った。

脈はしっかりと打っていたのである。

「塙様……」

そこまで話して、三郎兵衛はふっとそれまでとは違った、喜びの色を湛えた目を向けてきた。

「私はあの時のことを今でも忘れたことはございませんよ。ひょっとして死んでいるかもしれないと思った人の手に、脈を認めた時のあの喜びを……」

三郎兵衛の双眸(そうぼう)には、当時の興奮が蘇ったようだった。

その目で十四郎を見て、

「その時から、おみのとは、何か運命的なものを感じました」

三郎兵衛は言った。

――なんとか助けてやりたい。

三郎兵衛は決心をしたものの、どうやって助け出したらいいのか、女の様子をもう一度見た。

女はどうやら、どこからか買い物に出てきて、ついでに稲荷に参っていたところで、地震に遭ったようだった。

――よし。考えているより……。

三郎兵衛は、倒壊した屋根の残骸を取り除き始めた。

おろおろする手代に、金を弾んでもいい、町駕籠を連れてきなさいと、興奮した声で命じた。

佐助が町駕籠を連れてくるまでのしばらくの間、三郎兵衛は建物の残骸を取り除きながら、時折女の手の脈を確かめていた。

やがて、佐助が数人の男と駕籠かきを連れてきた。

そこで手助けを頼んで残骸を退け、女を引っ張り出して町駕籠に乗せると店まで走らせたのである。

「それがおみのです。むろん医者にも診せました。でも、外傷は治りましたが記憶が戻ることはございませんでした」

「おみのという名は、お前がつけたのか」

「いいえ、抱えていた風呂敷包みは、倒壊した建物の中に置き忘れてきましたが、帯の間に挟んであった財布に『美乃』と刺繍がしてあったのでございます」

「そうか、それで、みのという名を出して、当時家族を捜してやっていたのか」

「はい……店に出入りしています町方の旦那にも頼みましてね、ずいぶんと手を尽くして捜したのですが、あれだけの災害の後です。亡くなったり行方知れずになった人はたくさんいて、とてもおみのだけにかかりっきりという訳にはいかなかったようで、どこからも問い合わせひとつこない。そうこうしているうちに半年が過ぎました。その頃にはもう、私はおみのと離れて暮らすことなど考えられなくなっていたのです。ですから、相手は武家の出と知りながら、一緒にならないかと尋ねてみたのです」

「そうか、よく分かった」

「塙様、前のご亭主がおみのを返してくれと参ったのならば悩みもいたします。ですが、その時には、やはりおみのの気の済むようにしてやろうと考えております。おみのにはそのように、伝えてやって下さいませんか」

三郎兵衛は、きっぱりと言った。

だがその表情には、冬の日の曖昧な光と孤独が、一瞬交差したように見えた。

「お登勢殿、三年前のあの地震で死んだ者、行方知れずになった者などの人数や名前ですが、奉行所で分かっているのは、町名主たちからの報告だけです。それも、旅人や無宿人などについては名主でも摑めておりません。また武家の者たちとなると、これは町名主も奉行所も支配の外のことですから、分かりようがありません」

北町奉行所与力の松波孫一郎は、橘屋の仏間に金五と一緒に現れて、かねてよりお登勢が問い合わせていた、三年前の地震の日の被災者たちの状況をそう語った。

横から金五が言った。

「お登勢、人のいいのもいい加減にしないか。身元不明の死者だけでもたいへんな数だったというのに、武家の妻女一人、どこのどなた様の家の者なのか、いまとなってはなおさら、分かりようがない。おみのにもよく言い含めて、昔のことは気にせずに新しい暮らしを送る方が賢明だということを説いてやるべきではないか」

「ええ……それはそうですが、最善の手助けはしてあげたい、そう思いましてね」

「だいたい今度の駆け込みは、俺は引き受けるのを納得しかねる。そうだろう。桑名屋にしてみれば、気の毒な女子をひきとった。今後心置きなく暮らしてもらうためにも自分の妻とした方がいい。そういうことだったのだろう、これまでの経緯は……桑名屋は名主を通じて、おみのの事情を説明し、それで妻として届けている。二人のことは公に夫婦として認められているのだ。それもこれも桑名屋の心配り、おみのの身の上を考えてのことだ。それを今更、昔誰かの妻だったらしいからといい、離縁を考えるなぞわがままというものだ。それじゃあ桑名屋は踏んだり蹴ったりだ」

「近藤様、何もおみのさんは、桑名屋さんを嫌いになったなどと言っているのではございません。よくよく聞いてみましたら、自分は人の妻だっただけでなく、子がいたのではないかとおっしゃるのです」

「何、子までいたと……しかし、昔の記憶を失っているというのに、どうしてそんなことが分かるのかね」

金五は呆れた顔をした。

「お民ちゃん」

お登勢は廊下に出てお民を呼ぶと、

「桑名屋のおみのさんをここへ」

逗留しているおみのを、仏間に呼んだ。

「おみのさん、こちらは北町奉行所与力の松波様です。そしてこちらは慶光寺の寺役人近藤様です。近藤様には今日明日にでもお引き合わせしようと思っていたところです」

お登勢は、まずおみのに、松波と金五を紹介した。

「お手数をおかけします」

おみのは手をついて挨拶をした。

しっとりとしたその風情に、金五は先ほどの牽制もどこへやら、

「いやいや、手助けができればと思ってな」

がらりと変わった物言いをした。

だが、さすがに照れくさかったのか、ちらとお登勢の方を見て苦笑した。

松波だって目尻が笑っている。

「おみのさん、なぜあなた様が、ご自分には子がいたと感じるのか、そこのところをお話しして下さいませんか」

お登勢も笑いを呑み込んでおみのを見た。

「はい」

おみのは静かに頷くと、

「わたくしがそのように思ったのは、お店の棚にある六、七寸ほどのからくり人形を見た時でした。人形はねじを巻くと、手にお盆を持って進みます。盆の上には盃が載っているのですが、それを見た時、わたくし、何かで頭を打たれたような、そんな気が致しました」

「どこかに、記憶が残っていた。そういうことかな」

金五が尋ねる。

「はい。人形が動くのをどこかで見たような記憶があるのです」

「近藤様」

横からお登勢が助け船を出した。

「おみのさんが昔に拘るのは、そこなのです」

「ふむ……」

金五は理解ありげな顔をつくった。

「他には気になる光景は浮かびませんか」

松波が探るような目を向けた。

「格別には……」

「何か思い出した時には、お登勢殿に話して下さい。どんな些細なことでもです」

松波は念を押すように言い、お登勢に頷いた。

お登勢は頷き返すと、それでおみのには仏間を退出してもらったが、おみのの気配が部屋から消えると、松波が険しい顔を向けた。

「お登勢殿、実は桑名屋のお内儀が柳森稲荷にいたその刻限に、稲荷の外で淀屋利右衛門（りえもん）という者が殺されていたのですよ」

「淀屋さん？」

「豊島町（としまちょう）の金貸しです。一刀の下に斬られていた」

「まあ……」

「当時、淀屋の遺体を見つけた者は、災害で死んだものとばかり思っていたらしいが、身元を確認するために遺体を動かしたら、刀で斬られて死んでいたのだと分かったのだ。つまりですな、地震が起きる直前に、あの場所で殺人が行われていたということになる」

「大雨が降っていたというから、人の目もなかったのだろう」

金五が言った。

「近藤さんのおっしゃる通り、当日は地震直前まで大雨だった。よほどの用のない者は家に籠もっていた。柳原土手になど行かぬ」

「松波様、誰の仕業（しわざ）か分かっていないのですね」

「何人か名が挙がったのですが、それっきりになっています。なにしろあの混乱です。混乱の中での突発的な犯罪、行きずりの犯罪ということもあるでしょうが、辻斬り説や怨恨説まで出て、的を絞れないままに今日まできているのです」

「すると下手人は、この三年間、平然と暮らしてきているということですね」

「その通りです」

「松波さん、その事件とあの内儀と、なんらかの関係があるのではないかと、そう申されるのか」

お登勢と金五はかわるがわる聞く。

「もしやと思ったのですが……」

松波には何か心に引っかかるものがあるようだった。

「ふーむ」

金五は、組んでいた腕を解いた。

なんだかんだと寺侍としての体面を取り繕う金五だが、根はお登勢や十四郎よりも情に流されやすい人である。

「お登勢、妙な事件を聞いた以上、桑名屋の内儀を本当に見張っている者がいるのかいないのか、また亭主に覚えがないというのなら他の者ということも考えられる。それを確かめぬうちは、内儀を家に帰すのはまずいな。この橘屋を頼ってきたにもかかわらず、内儀をここから出して、それでもしものことがあったりすれば、慶光寺の名に傷がつく」

金五はお登勢の目に、ぴたりと視線を当てたのだった。

三

「おみのさん、いつ引き返してもいいのですから、無理はなさらないで下さい」

お登勢は、頼りなげな面持ちで立つおみのの傍に、寄り添うようにして立った。

「いえ……」

おみのは、恐る恐る辺りを見渡した。

場所は柳原の土手の上、そこから一方の通りの方を眺めると、古着屋やさまざまな店が出店を連ねているが、人通りは少なかった。

もう一方の河岸側はというと、冬枯れの景色が続いていた。柳の木は枝だけひょろひょろ伸ばしているし、河岸の草むらは枯色一色である。

むろん往来する人はいない。

遠くで凧を上げる子供たちの甲高い声が聞こえていた。

おみのは、ゆっくりと土手を下り始めた。

お登勢は黙って、案じながらも後ろに従う。

おみのは、松波が橘屋から引き上げると、恐ろしい気持ちもあるが、失われた記憶を取り戻すためにも、自分が三年前に倒れていた稲荷に行きたいと、お登勢に同行を頼んできたのであった。

まだ橘屋に残っていた金五は、何かあっては困る、せめて十四郎がいる時に行ってはどうかと引き止めたが、

「わたくし、わが子に会いたいのです。一刻も早く……。そのためには、昔を思い出さなくてはなりません」

おみのはそう言ってお登勢に同道を頼み、この柳原土手の稲荷の傍までやってきた。

風は冷たく、陽の光はどんよりとして、いかにも冬の川端らしい。

しかしそれは、ただ気候がそうだというのではなく、おみのがしょってきた重苦しい荷の重さにもあるようだった。

危険を冒してでも、過去を思い出そうとするおみのの表情には、ただひたすら、幻のわが子への思慕が見て取れる。

おみのは、鳥居の前に立った。

すぐ近くには、荷揚げの河岸地があり、上流から薪や炭を運んできた船が停泊

し、人足たちが掛け声をかけながら、これらの荷を河岸に積みあげていく姿が、目の端に映っていた。

「ああ、思い出せません」

おみのは悲痛な声を上げると、そこに膝をついて顔を覆った。

「おみのさん」

お登勢も傍に腰を落とし、おみのの肩に手を添えた。

「無理をしないで」

「思い出せないのです、何も……」

おみのは苦しそうに喘いだ。

「帰りましょう、おみのさん」

お登勢は顔を上げて、元来た柳原通りに目を遣った。

――誰かが見ている。

鋭い視線をお登勢は感じた。

素早く視線を左右に走らせた時、黒い影が古着屋の軒下に身を引いたのを見た。

いや、もう一人……人の往来の中に紛れるように背を見せた者がいる。浪人のようだった。

おみのが見張られていることを、お登勢が実感した一瞬だった。

もう少しこの場所にいたいというおみのを急がせて、お登勢は両国橋に出ると、そこから川べりの道を下り、万年(まんねん)橋を渡った。

駕籠を使おうとも思ったが、周囲が見渡せなくてはかえって危険である。

何者かに追われて急いでいることを知れば、おみのが精神に混乱を来(きた)すのは目に見えている。

注意を払って深川まで戻ってきたが、冬の日の足は早く、瞬く間に辺りは暮れていた。

町屋の軒行灯(のきあんどん)の灯を頼りに、仙台堀に架かる上之橋(かみのはし)に足をかけた。

この橋を渡って東に向かえば、橋屋はまもなくである。

——やはり、尾けられている。

お登勢は、橋の途中で立ち止まった。

上之橋にかかる手前に、松平陸奥守(まつだいらむつのかみ)の蔵屋敷の塀がしばらく続いたが、その時から、お登勢は背後に緊迫した空気を感じとっていた。

——まさかと思ったが、間違いない。

「何か……どうか致しましたか」

おみのが不安な顔を立ち止まって見せた時、

「静かに」

お登勢は、叱りつけるような声を上げ、帯に差していた懐剣を静かに抜いた。

橋屋は刀の所有を認められている。

お登勢の夫徳兵衛（とくべえ）などは、小刀を携帯することもあった。だがお登勢は女子である。懐剣を持っていた。

「走って橋屋に……」

お登勢がおみのを欄干（らんかん）に押しやったその時、ひと気のない松平陸奥守の下屋敷の黒塀の端に黒い影が現れた。影は一つだった。

いや、一つと思ったが、橋に足をかけるやいなや、足早に寄せてくる影は二つだと分かった。先の影と後ろの影の間には二間ほどの距離がある。

手ぬぐいで隠した顔を、俯きかげんにしてやってくる。

分かったのはそこまでだったが、二間の間隔をあけて押し寄せてくる襲撃に、お登勢は戦慄を覚えた。

仮に一人目の太刀を躱しても、すぐ後ろからやってくる二人目の太刀は、こちらが体勢を整える前に襲ってくる。

橋板を鳴らして近づく殺気に気圧(けお)されるように、お登勢はおみのを庇いながらも後ろに下がった。

一人目の浪人が走り抜けながら、冷たい光をお登勢に放ってきた。

「えい」

お登勢はかろうじてその剣を躱したが、ふらりとよろめき、足を踏み締め直して止まった。

体勢を立て直すまもなく、次の男の白刃がもう頭上に光っていた。

その剣を躱しても、たった今すり抜けた男の剣が襲ってくるはずだ。

――殺られる。

お登勢が覚悟を決めたその時、すり抜けた男の「ぎゃ」という叫びが聞こえ、同時にお登勢に振り下ろされたと思った斬撃を、紙一重のすんでのところで、撥(は)ね上げた者がいる。

十四郎だった。

「ここは俺に任せて、早く！」

「お登勢様……」

藤七も走ってきた。

お登勢は、おみのの手を引いて、上之橋の南袂に小走りして下りた。

「大事ないか」

すぐに十四郎が走ってきた。

「はい、ありがとうございます。藤七は？」

「一人はわざと逃がしてやった。藤七はその男を尾けていったのだ」

十四郎は振り返って、黒々とした川の上に架かる橋を仰いだ。


「お登勢、襲われたそうだな」

足音を立てて仏間に入ってきた金五は、緊張した顔で湯気を立てている火鉢の傍に来て座った。

「熱いお茶をいまお淹れします」

お登勢は、さっそく茶器を引き寄せる。

「で、内儀はどうしている」

金五は手を火にかざして、こすり合わせながら、顔だけお登勢に向けた。

「夕食をすませると、すぐに床についたようです。いままでは見張られている、尾けられているといっても、実際に襲われたことはなかった訳ですから、ずいぶんと心を痛めて……」

「襲ってきた者の顔を見たのか」

「暗がりでしたし、顔を隠しておりましたから」

「そうか……内儀にも心当たりはないのだろうな」

「ええ、そのようです」

金五は、お登勢が出した茶を、うまそうに飲んだ。

「金五、使いをやったのは他でもない。これではっきり、命を狙われていることが分かったのだ、もはや放ってはおけぬ。外出はむろん控えた方がいい。だが、もしも外出する時には、俺か、もしくは金五、おぬしが同道せねば。お登勢殿には手に余るぞ」

十四郎は、金五がふうふう言いながら熱い茶を喫している、その横顔に言った。

「あつ、熱いがうまい」

金五は、冷えた体に熱い茶を流し込むのが先決のようである。

「金五、聞いているのか」

「うっ」

金五は、ごっくんと茶を飲み込んで、

「あつ、あつあつ」

喉をかきむしる仕草をして見せた。

「すみません、お体が冷えていると思いまして、わざと熱くしたものですから」

「まったく……お登勢殿、こ奴にそんなに気を使わなくてもいいのだ」

十四郎は溜め息を吐く。

「それはないだろう、十四郎。どれだけ外が冷えているのか、おぬし知っているのか」

金五は頰を膨らませて睨むと、

「まあいい、いや、そのことだが、すまぬが俺はここしばらくの間、といっても五、六日のことだが、昼間はともかくも、夕刻から力は貸せぬよ」

「何、火急の仕事か」

「諏訪町の道場から通うことになったのだ。万寿院様にもご許可頂いてな」

「何かあったのか、まさか千草殿に家を出ていかれたとか」

心配半分、ひやかし半分で、胸の中で苦笑しながら十四郎は聞いてみた。

「まさか、いずれ話すよ。それより十四郎、すまぬがおぬし、俺の代わりに寺務所にその間泊まってくれぬか」

「なんだと、俺に尻拭いをさせる気か」

「頼むよ。例の内儀もそういう事情なら、おぬしは終日ここにいるのが一番じゃないのか」

「まあ、それはそうだが」

「だったら、夕刻から寺に行けばいい。寺は目の前だ……頼むよ」

金五は自分の勝手を押しつけてきたが、さすがにおみののことが気になるのか、

「しかし、困ったことになったな」

顔をひき締めた。

そこへ、仲居頭のおたかの声が敷居際でした。

「お登勢様、よろしいでしょうか」

「おたかさんね、どうぞ」

戸が静かに開いて、

「桑名屋の女将さんが泣いています」

心配そうな顔を出した。

「おみのさんが……」

「はい。どうしましょうか……声をかけるのも憚られますし」

「そうね……わたくしがお部屋に伺ってもよろしいのですが、でも、しばらくそっとして……」

「ええ」

「落ち着いた頃に伺いますから、それまではおたかさん、気をつけてあげて下さい。頃合をみて知らせて下さい」

「承知致しました」

おたかが下がると、部屋はしばらく、重たい空気に包まれた。

訳の分からぬ人間に襲われた恐怖と心細さは、皆の心にも重くのしかかっている。

沈黙を破ったのは、藤七の声だった。

「ただいま帰りました」

藤七はするりと入ってくると、

「十四郎様、奴が逃げこんだのは、神田の佐久間町にある薪炭屋の『猿屋』でございました」

「猿屋……」

十四郎は、ちらりとお登勢を見た。

お登勢は首を横に振ると、

「松波様からお聞きしている、淀屋さんに恨みを持っていた人たちの中には、その、猿屋などという名はございませんでした」

「ただ、妙な噂がございます」

藤七は、一同を見渡すと、

「猿屋には、とかくの噂があるようです。と、申しますのも、主の銀兵衛(ぎんべえ)はたいへんな博打好きで、三年前には店の沽券(こけん)まで質草に入れ、返済が滞って店は人手に渡る寸前だったようです。ところがあの地震の後は、まっ、ちょうど季節も秋から冬へ変わっていて、薪や炭がたくさん売れて、店が盛り返したと本人は言うのですが、猿屋銀兵衛を見知っている人たちは、訝しい目で見ているようです」

「訝しい目だと……何だ」

金五がじろりと藤七を見た。

「はい。質屋への借金も半端じゃなかったはずなのに、ひと冬薪炭が売れたといって、そんなに大儲けできるのかと……そりゃあ、どこかの大名や、もっと大きなところでは、千代田のお城とか、そういうところとの取引が成ったのならともかく、どこかで大金を拾ってきたのじゃないかと……」

「怪しいな」

金五は呟いて、藤七に視線を投げた。

四

お登勢はお民にとっては、手習いの師匠であり、また女としても憧れの人である。

お民は腕に受け取ったその道行をそっと撫でた。

道行は藍色に白梅を散らした物で、白い肌のお登勢にはよく似合っている。

お登勢は上着の道行を脱ぎ、出迎えたお民に渡しながら、声のする方を見た。

「賑やかですね」


お登勢の下で働く幸せを嚙み締めている娘であった。

「あら、わたくしの顔に何かついていますか」

「いいえ」

お民は明るく笑って、

「お客様です。ごん太をご覧になりたいとおっしゃって。裏庭の見えるお座敷にお通ししています」

　その時、幼児とも赤子ともつきにくい泣き声がした。

「あら、赤ちゃん……」

「松波様と奥様です」

「まあ、奥様が……お民ちゃん、『駿河屋』の羊羹をお出しして。それからお茶も、そうね、松の緑にしましょう。いいですね」

　お登勢は、こまごまとお民に指図して、裾を上げていたしごきを取り、小袖の裾を引きながら急いで座敷に向かった。

「これはこれは、勝手に上がり込んですまぬ」

　お登勢が裏庭の見える座敷に向かうと、松波は廊下に出て、芥子坊主の子を膝に抱き、庭で遊ぶごん太と万吉を見ていたようだ。

　芥子坊主とは、三歳くらいまでの幼い子の髪形で、百会を中心にした頭頂の部分だけに髪を残して後は剃り落とし、残した部分をちょこんと結んだ愛らしい髪形のことである。

　松波の妻は昨年男子を産んでおり、出産、初参り、初節句と、お登勢はことあるごとにお祝いを届けていたが、いつも松波が祝い返しにやってきていたから、お登勢は松波の妻に会うのは初めてだった。

「座れ……よし、いい子だ」

廊下からよく見える庭の一角で、万吉がごん太に命令し、得意満面の笑みを松波一家に送った後、

「お登勢様、お帰りなさいませ」

行儀よく挨拶をした。

すぐに座敷の方から、ぽっちゃりとした妻女が出てきて、松波の傍に並んだ。

「お座敷にどうぞ」

お登勢は、座敷の中に一家を誘い入れ、お民が運んできた茶菓子を勧めると、

「登勢と申します」

恐縮している妻に手をついた。

「わたくし、文代(ふみよ)と申します。これまでたびたび結構なお祝いを頂戴致しまして、ありがとうございます」

文代は、与力の妻らしく丁寧に礼を述べた。

ふくよかな、ゆったりと構えた妻だった。

「松波様、突然はございませんでしょう。前もってご連絡下さいませ。これでは

何のおかまいもできません」

　お登勢は、きゅっと視線を投げた。

「いや、こちらに立ち寄るつもりはなかったのだ。柳庵先生にこの子の腹の具合を診てもらったのだ」

「まあ、お体でもお悪いのですか」

「いや、もういいらしい」

「それはようしゅうございました。吉之助様でございましたね」

　お登勢は、文代の膝で指をくわえて、よだれを垂らしている幼子の顔を覗いた。

「吉之助様、わんちゃんはいかがでしたか」

　お登勢が両耳に掌を立て、犬の耳の真似をしてみせると、吉之助はにこりと笑った。

「ああ……うう」

　吉之助はごん太にご執心の様子で、母の膝の上から庭の方に体をよじって手を伸ばした。

「あとでね」

　文代は言ったが、吉之助は突然火がついたように泣き出した。

「しょうのない子、よしよし」

文代はお登勢に目礼すると、吉之助を抱き上げて廊下に出た。

松波は笑ってその様子を見ていたが、すぐにお登勢に顔を戻して話を継いだ。

「診察が終わって、私が近藤さんに用事があって参ると伝えると、突然わたくしもお登勢殿にお会いしたい、お会いしてこれまでのお礼を申し上げたいなどと言い出したものですから」

松波は照れていた。

そう言いながらも時折見合う夫婦の視線には、それだけで深い愛情が感じられる。

――うらやましいこと……。

お登勢は、微笑みを返す胸の中で、一抹の寂しさを感じていた。

松波は、妻と子の育児で対立することがあってなどと言い、珍しく家の中の話をしていたが、茶を喫し終えると妻子を促して席を立った。

お登勢は一同を玄関の外まで見送りに出た。

「先ほど近藤さんから聞きました。例の一件です。私の方でも調べていますから」

松波はお登勢にそれだけ言うと帰っていった。

「お登勢様、たいへんです。おみのさんの姿が見えません」

お登勢が玄関に戻ってくると、二階から慌ただしくおたかが降りてきて告げた。

「いつからですか」

「先ほど、お登勢様と松波様がおられた座敷の外の廊下に佇んでいるのを見かけましたが、いまお部屋を覗いたらいらっしゃらないのです」

「おたかさん、十四郎様を早く。慶光寺におられるはずですから……」

お登勢は、叫ぶように言った。


おみのはその頃、仙台堀沿いを歩いていた。

大川沿いの路に出て、下谷に向かうつもりである。

黙って橘屋を飛び出してきた危険よりも、一刻も早くわが子との再会を果たしたい一念で、突然浮かんできた記憶の中の、その家に向かっていたのである。

おみのは、松波夫婦が幼子を膝に抱き、その子が火がついたように泣き出した時、頭の中の一部が激しくそれに反応するのを知った。

失っていた記憶の一部分が、蘇った一瞬だった。

それは、切羽詰まった状況で、辺りを憚らず泣き叫ぶ赤子を抱いて、おろおろする自分の姿であった。

——そう……あの日、わたくしは市之丞を抱いて……市之丞！

おみのは立ち止まった。

——わが子の名は……市之丞。

震えるほどの驚きだった。

心を静めながらゆっくりと歩を進め、頭に蘇ってくる状況を確かめる。

——あの時……。

泣く子の額に手をやると、火のように熱かった。

「おさく、この熱、いつからですか」

おみのは傍でおろおろする女中のおさくに言った。

「申し訳ございません」

「謝るのはいいですから、はっきり、おっしゃい」

つい口調も厳しくなる。

「お昼ごろからでした。奥様、わたくしがお医者様を今呼んで参ります」

「旦那様のお帰りも、もうすぐだというのに……」

「奥様……」

女中のおさくはもう泣きべそをかいている。

「分かりました。わたくしがお医者様にお願いしてまいります」

「いえ、奥様、わたくしが」

「お前の知らないお医者様ですから、お前に説明しているよりわたくしが参ったほうが早いのです。実家が長年診ていただいているお医者様ですから、そのお方なら信頼できますからね。わたくし、今からそちらにお願いに参ります。ですからこの子を、いいですね。市之丞から目を離さないで」

おみのはそう言うと、部屋を走り出た。

外に出てみると、大雨だった。

おみのは、道行合羽（がっぱ）の襟を合わせると、雨の中に飛び出したのだった。

――そういうことだったのだ。

記憶が戻ったのはそこまでだったが、おみのは繰り返し、その折の状況を思い出し思い出しして、両国橋を渡り、柳橋を渡り、下谷の御徒町（おかちまち）通りに出て、とある屋敷の前に立ち止まった。

中から赤子の泣き声が聞こえてくる。

「市之丞」

おみのは屋敷の中に走り込んだ。

裏庭に回ると、目の前の座敷の中から泣き声は聞こえてくる。

おみのは廊下にあがり、部屋の中に入った。

「あっ……」

布団の上で、両手足をばたばたさせて、赤子が泣いていた。

「市之丞……」

走りよって抱き上げようと顔を覗いたが、市之丞ではなかった。

おみのは、赤子を抱えようとしていた手をひっ込めた。

頭の中は混乱をきたし、力が抜けていく。

その時だった。

「誰です」

咎めるような声とともに、女が入ってきて、泣いている赤子を抱き上げて、きっとおみのを見返した。

「奥様……」

女が驚愕して叫んだ。

「おさく……おさくですか」

「まさか、まさか、どこからお出になりました……」

おさくは怯えた顔で震えている。

しかし、おさくの形は、女中のそれではなく、武家の妻女の形だった。

「お前、お前のその恰好は何です……それに、お前が抱いているその子は誰です。この子は市之丞ではありません」

おみのは修羅の形相でせまる。

「だ、だ、旦那様……」

おさくは叫んだ。

間を置かずして、廊下を慌ただしい足音が近づいたと思ったら、

「いかが致した、さく」

男が飛び込んできた。

だが、見返したおみのの顔を見て、

「美乃……」

男は絶句した。

怯えるような目で、まじまじとおみのを見詰めながら、

「生きていたのか……」

次の言葉を失ったようである。

「あなたは、豊之進様……思い出しました。旦那様……」

近寄ろうとした。

「待て、待て」

豊之進は、幽霊にでも出会ったように、怯えた顔で後ろ向きに廊下に出た。が、そこで転んだ。

「その人は幽霊などではない。記憶は失っていたが、どうやら貴殿の妻だと思い出したらしい」

庭に現れたのは、十四郎だった。

「おぬしは誰だ。よしのとどういう関係だ」

豊之進は膝と手を床についたまま、十四郎とおみのの顔を交互に見遣った。

五

「平井、豊之進殿、でございましたな」

十四郎は、薄陽のさしこむ座敷に端然と座ると、面前に座っている武家に聞いた。

十四郎の横にはおみのが座っている。だが豊之進の妻女さくは、居間の方に赤子を抱いて引き上げていた。

茶を運んできたのは中間だった。

中間が茶を差し出す時、おみのを見た目は、涙で濡れていた。

何も口には出さなかったが、おみのを労るような気配が見えた。

その中間が下がってから、十四郎は自分の名を名乗り、おみのがこの家に来た経緯を説明した。

豊之進は、終始苦渋の顔をして聞いていたが、その間、一度もおみのの顔を見なかった。

改めて自分の名を十四郎に呼ばれたことで、はっと顔を上げ、いきなり手をついた。

「重ね重ねのお力添え、よしのがここを思い出したのも貴公たちのご尽力があったからこそ、改めて礼を申す」

「豊之進殿。まずはお聞きしたいのは、よしのとは、この人の名のことでござるのかな」

十四郎は、おみのを見遣った。

「さよう……」

豊之進は、ちらと視線をおみのに送ると、

「美しいに、乃と書いて『よしの』と申す。先ほどの話では、持ち物に名を入れた刺繍があって、それでみのと呼んで過ごしてきたようですが、確かに『みの』とも読める。無理からぬことです。しかし、生きてこの家に帰ってきてくれるとは……」

豊之進は、喜びの中にも困惑した表情をみせた。

十四郎が確かめるように言い、おみのを見遣ると、

「美乃殿か……」

「はい」

おみのはこくりと頷いた。

「では、美乃殿はこの家の妻……」

「美乃は、あの災害で死亡ということになっているのだ……」

豊乃進は苦渋の声を発した。

「そうか……それであなたは再縁されたのか」

十四郎は、先ほど女が去っていった居間の方に首を振った。

「美乃、許せ」

豊之進は頭を下げた。

美乃は泣き崩れた。

三年の歳月が長いのか短いのか、人によっては様々に違いない。可もなく不可もなく平凡に過ごしてきた者たちには、後で振り返れば、忘れてしまう年月かもしれない。

だが、いま十四郎の傍で震えている美乃にとっては、この三年間は自分がそれまで生きてきた足跡すべてを失った三年だった。

過去がなくて、突然そこに立っている自分……それだけでも、どれほど心許ないことであったか。

あまつさえ、過去を失った自分を責め続け、明日にも踏み出せずに過ごしてきたこの歳月――。

しかし、ようやく黒い雲の果てに失っていた過去の断片を見出した。ところが、その糸を手繰り寄せてみると、無残にも断ち切られていたのである。

美乃はこの家では、過去の人になっていた。気も失わんばかりの衝撃だったに違いない。

十四郎は、かけてやる言葉がなかった。

ただじっと傍で見守ってやるしかなかった。

だが美乃は、しばらく涙を拭った後、きっと豊之進を見据えて言った。

「市之丞はどうしたのです。どこにいます……。あの折、市之丞は高い熱があって風邪か麻疹（はしか）か、それとも他の病気かそれが分からずにわたくしはこの家を飛び出しました。ええ、お医者を呼びに参ったのです。お医者を呼びに出て三年……」

「市之丞は元気だ」

「まことでございますか」

「だがここにはおらぬ」

「どこです。お教え下さいませ」

「そなたの実家だ」

「わたくしの……」

「そうだ。そなたの兄、秋山権太夫（あきやまごんだゆう）殿のもとにいる」

「なぜです……なぜこの家にいないのです」

「……」

「あなた」

美乃は、にじり寄った。

「まさかそなたが生きていようとは露しらず……聞いてくれ、美乃……」

豊之進の声はうわずっていた。追い詰められて惑乱しているようだった。

三年前、大雨の中を帰宅した豊之進は、市之丞が熱を出し、美乃が医者を呼びに行ったとおさくから聞いた。

だがまもなく、不思議なことに雨は止み、突然地震に襲われた。

帰ってこない美乃を案じながらも、豊之進は中間の勘次郎を平井家かかりつけの医者のもとに走らせた。

美乃が連れてくる医者を待つより先に、一刻も早く、市之丞を医者に診せようと思ったのである。

平井家かかりつけの医者はすぐに来てくれた。

市之丞は風邪の熱だと分かり、薬を飲ませて熱も下がって胸を撫でおろしたのも束の間、その医者の話では、神田川からむこうの町屋では倒壊した家も多く、死者もたくさん出て、混乱をきたしているとのことだった。

一抹の不安を覚えながら美乃の帰りを待っていたが、その晩美乃は帰ってこなかった。

翌朝、美乃の実家、秋山家に使いを出したが、美乃の立ち寄った形跡はなかった。

豊之進だけでなく、事情を知った秋山家でも、八方手をつくして美乃を捜させたが、皆目行方は分からなかった。

秋山家かかりつけの医者のところにも行ってはいなかったのである。

いよいよ美乃は被災したのではないかという思いが募り、美乃が行くはずだった町内と道すじにある番屋などにも、被災して亡くなった者の名を見せてもらったが、美乃の名はなかった。

名も分からぬ遺体がたくさんあったという話も聞いていたが、怪我でもして、どこかで手当てをしている、きっと帰ってくると両家では待った。

だが、一年経ち、二年も過ぎた頃、秋山家の方から美乃は亡くなったという届けを出そうという申し出があった。

美乃の葬式も済ませた頃、秋山家から市之丞を養子に欲しいと言ってきた。

自分たちには男子がない。美乃の子の市之丞に秋山家を継がせたいというものだった。

豊之進は家禄二百石、貧乏旗本で無役である。

一方の美乃の実家は新御番組頭で、家禄は二百五十石、だがそれに役高六百石を賜っている。

格が違った。

二人が夫婦になったのは、美乃が娘の頃、浅草寺にお参りに行き、そこで知り合った豊之進との縁談以外には受けつけないと、強く希望したからで、兄の秋山権太夫は初めから縁組には反対だったという経緯があった。

「美乃……」

豊之進は苦しげな顔で言った。

「市之丞の将来のためにも、秋山家の跡をとるのが幸せだと、そう強く言われれば断れぬ。そうであろう……」

「……」

豊之進は黙って頭を下げた。

美乃の視線はそんな豊之進をやり過ごし、冬の庭に向けられていた。

蘇った記憶の果てにたどり着いたこの場所は、一体どこだろう……美乃はそんな目をして眺めていたが、やがてよろよろと立ち上がった。

「ご健勝（けんしょう）に……」

美乃はそう言うと、部屋を出ていった。

「ごめん」

十四郎も立ち上がる。

「お待ち下さいませ、美乃様」

廊下をさくが渡ってきて、手をついた。

さくは、かつての女中おさくである。

だが、さくは美乃を「奥様」とは呼ばなかった。

「美乃様」

と呼び止めたのだ。

「こんなことを申し上げては申し訳ございませんが、でももう二度と、こちらには参らないと約束をして下さいませ」

さくは挑戦的な言葉を投げた。

「さく！」

部屋の中から、豊之進のさくを窘める強い声が飛んできた。

美乃は黙って背を向けると、外に出た。


「よほど堪えたのでしょうね。あれからずっと寝込んでしまいました」

お登勢は仏壇に手を合わせると、十四郎と金五が座る火鉢の傍に来て座った。

「分からぬことではないな。何しろ、自分の存在は、この世から消えていたのだ。葬式まで出されてな」

「お医者様を迎えに行ったその人が三年も帰ってこないのですから、そうした処置をした人を誰も責めることはできないのかもしれません。でもねえ……」

お登勢は口を濁した。割り切れない思いでいっぱいだった。

十四郎も金五も同じ気持ちだった。

それは、平井豊之進の屋敷を出てきたところで、門の外まで見送りに出た中間の勘次郎が告げた話によって倍加された。

勘次郎は、先を行く美乃には聞こえぬように、

「おいたわしいのは美乃様でございます。旦那様とおさくさんの間に男子が誕生

した と知った美乃様のご実家が、このままではかえって美乃様がお可哀相だと申されて、それで死亡と決めたのです。市之丞様にしたって、この家にいたのでは後々跡目をめぐる諍いの種になるのではと申されて、美乃様の気持ちをお汲みになって、それならば御養子にと申されて……」

十四郎に耳打ちしたのであった。

「しかし、この先、どうするのだ？……お登勢、聞いているのか」

「いいえ、まだ何も……近藤様、一度死亡と届けたものを、取り下げることはできるのですか」

「さあ、聞いたこともない話だが、事情が事情だ。それはできるのじゃないか。ただ、平井の家は新しい妻を迎えて子までできている。もとの暮らしはもう望めまい」

「十四郎様、おみのさん、いえ、美乃様はご実家の方々にはお会いになるのでしょうね」

「うむ。市之丞殿のこともある。どうするか……」

三人はそれで口を噤んだ。

「お登勢様、明かりをお持ちしました」

お民が入ってきて、燭台に灯を灯した。

いつのまに闇が忍び込んでいたのかと思うほど、部屋の中は明るくなった。

その時、

「ちょうど良かった。近藤様もご一緒でしたか」

藤七が顔を出して、

「会っていただきたい人がいます」

すぐに玄関に引き返すと、まだ若い二十代も半ばかと思われる商人を連れてきた。

「淀屋利兵衛と申します。三年前、柳原で殺された利右衛門は父でございます」

若い商人は挨拶をした。

傍から藤七が言葉を添える。

「お登勢様たちを襲った浪人が逃げ込んだ猿屋ですが、主の銀兵衛は、殺された利右衛門さんとは異母兄弟だというのです」

「何……異母兄弟」

俄かに緊張が部屋に走った。

「はい。私にとっては祖父に当たる人が、外につくった女の人にできたのが銀兵利兵衛は、叔父に当たる人を呼び捨てにした。

それだけで、これまでの確執が知れようというものである。

利兵衛は懸命に言葉を継いだ。

「うちは祖父の代から質屋でございます。祖父はたいへんな財産を残して亡くなりましたが、遺産のことでたいへんな揉め事があったようで、父は銀兵衛に薪炭の店を開くお金を渡し、それで縁を切っておりました」

「淀屋と猿屋の間には、なんの繋がりもないと思っていたのですが、話を聞いてみると、こちらの利兵衛さんは、父御の利右衛門さんが殺された直後から、銀兵衛を疑っていたというのです」

藤七が相槌を打つ。すると利兵衛が、

「はい。こちらの番頭さんから、いろいろとお話を伺いまして、私もいよいよ確信致しました」

怒りの顔で言う。

「待て待て、証拠はあるのか」

金五が言った。

「証拠はこれでございます」

利兵衛は、懐から掌に載るような手帳を出した。

「父親が携帯しておりました手帳でございます。この手帳に、銀、五百と書かれています」

利兵衛は、こよりを挟んでいたところを開いて、突き出した。

「どれどれ」

金五が引き寄せて見る。

「なるほど、銀、五百か……」

「これは父が、店の者にも内緒で銀兵衛に融通していたお金だと思われます。事実、父が亡くなった後で金箱から五百両のお金がなくなっていることが分かったのです。縁を切ったと言っても異母兄弟、当時猿屋の店は瀕死の状態だったと聞いています。父は放っておけなくてお金を貸したのです。たとえ一文の貸し借りでも帳簿に記帳する父が、その帳簿にも記さずにお金を持ち出すなんて、これはあの人しかいない。私はそう思いました」

「猿屋に聞いてみたのか、そのこと」

「はい。でも一蹴(いっしゅう)されました」

「そうだろうな。ちゃんとした証文がなければ言い逃れはできる」

「はい。でもあの日、父は猿屋に行ってくると、そう手代の一人に言い残して出ています。本当です」

「利兵衛、そのこと、町方には話したのだろうな」

「もちろんです。でも、そんなことは証拠にはならないと言われました」

利兵衛は悔しそうに唇を噛んだ。

「よく分かった。お前の存念が晴れるように、こちらも手を尽くしてみる。いざとなったら、寺役人としてお前に証言を頼むが、その時はいいな」

「はい。もちろんでございます」

利兵衛は膝を乗り出すようにして言った。

「考えられるのはひとつ……」

お登勢は、利兵衛を帰した後、一同を見渡した。

「美乃様はやはりその殺人を見ているのではないでしょうか。その時の記憶は戻っていないようですが、ずっと見張られてきたという経緯、その見張ってきたと思われる者たちが、美乃様とわたくしが、あの現場に立ったその日に襲ってきたということを考えれば、利兵衛さんの話と符合します」

「うむ。俺も同じ考えだが、美乃殿の記憶が戻っていて、それで証明できるのならともかく、猿屋を町方の手に渡すのは難しかろうと思われる」

「でも、この一件が片づかなければ、美乃様はどの道を選ぶにしても、安心して暮らすことはできません」

「それはそうだが」

「こちらから打って出るというのはいかがでしょうか」

お登勢は、十四郎を、そして金五を見て言った。

「お登勢、何を考えている。危ない真似は許さんぞ」

「近藤様、そうしなければ出口は見えません。一気に決着をつけましょう。大丈夫です、十四郎様がいらっしゃるのですもの。そうでしょ」

「しかし、何かあっては俺が困る。第一、どうするのだ。美乃殿は外には出せぬぞ」

「お任せ下さい。策はあります」

お登勢は、きっぱりと言ったのである。

六

柳原土手は、どんよりと曇っていた。

天には太陽が出ているのだが、灰色の雲が光を遮り、風もことのほか冷たかった。

お登勢は、紫紺色の頭巾を被り、一人で稲荷の境内に入った。

天候の加減か人の気配はない。稲荷に手を合わせているのは、お登勢一人だった。

お登勢は祈るふりをしながら、しかしその神経は、すべて背中に張りつけていた。

背後におびき出した殺人鬼が現れるのを待っていた。

昨夜のこと、淀屋利兵衛の話を聞いたお登勢たちは、利右衛門殺しの犯人と目される猿屋銀兵衛に、桑名屋の内儀おみのの名で脅しの手紙を送りつけた。

その内容は、銀兵衛が浪人をつかって利右衛門を斬り殺すのを見た、というものであった。記憶が蘇ったと記してある。

その上で、寺入りするお金が要る。金五十両を早朝柳原のあの場所に持参せよ。さもなくば、役人に知らせると書き送った。

賭けだが、銀兵衛が利右衛門を殺していなければ、この柳原には現れないはず。

お登勢は同じ姿で祈り続けた。

手を合わせている時間が、ずいぶんと長く感じられた。

空振りだったのか……。

そんな思いにとらわれた時、

――来た……。

お登勢は背後に殺気立った視線を感じた。

くるりと振り返ると、足音を殺して近づいていた二人の男の足が、言い合わせたように、地面を踏み込んだ強い音を立てて止まった。

二人とも不意をくらったような顔をしている。

一人は商人で、でっぷりした中年だった。

そうしてもう一人は、上之橋でお登勢たちを襲った二人組の片割れのようだった。

「やはり参りましたね、猿屋の銀兵衛さん」

お登勢は、凜として言った。

お登勢と二人との距離は、五間（約九メートル）はあるだろう。

「お、お前は、橘屋の」

「はい、主でございます。桑名屋さんのお内儀に代わって参りましたが、銀兵衛さん、これであなたが利右衛門さんを殺したことは、はっきり致しましたね」

「騙したのか」

「いいえ、本当のことでございましょう。ここにやってきたのが、なによりの証拠です」

「女だてらに……旦那、一人殺すも二人殺すも一緒だ。かまわないから殺ってくれ」

銀兵衛は言いながら、一歩、二歩、後ろに下がった。

浪人は黙って刀を抜いた。

「刀を使うまでもないことだが……ふっふっ、殺すには惜しい女人だ」

不敵な笑みを浮かべながら、だらりと下に刀を垂らしたまま、ゆっくりとお登勢に迫ってきた。

お登勢は、すばやく懐剣の柄に手を添えながら、

「わたくしを斬っても無駄です。すでにあなた方のことはお役人に知らせていま
す。お止めなさい」

「ふん、気の強い女だ」

浪人は、二人の間隔が三間（約五・五メートル）ほどに縮まった時、突然刀を
振り仰いだ。

「待て」

稲荷堂から十四郎が走り出てくるのと、浪人が迫ってくるのが同時だった。

十四郎はお登勢を庇って立ちはだかると、撃ち込んできた浪人の剣を払って、
振り下ろす刀で浪人の肩を斬り下げていた。

「うっ」

浪人は肩を押さえて蹲った。

「無駄な抵抗は止めろ。もう逃げられはせぬ。あれを見ろ」

十四郎が大刀の先で指したむこう、土手の上を、同心捕り方十人ほどが走って
くるのが見えた。

「くそっ」

銀兵衛は踵（きびす）を返したが、捕り方たちに鶏があしらわれるようにあっちに追わ

れ、こっちに追われして囲まれ、まもなく枯れ草の上に膝をついた。

寒い日が続いたと思ったら、御府内は雪になった。

雪はまだ降り始めたばかりだが、うっすらと地表を覆い始めていた。

ここ、秋山権太夫の屋敷の庭にも、ちらちらと雪が舞い降りていて、四歳ほどの幼児が天を仰いで口を開け、ぐるぐる回って雪を受け止めている。

体一杯で喜びを表して、

「きゃっ、きゃっ」

とはしゃいでいるのは、美乃の愛息市之丞である。

市之丞は、時折立ち止まっては廊下を見遣る。

そこには美乃の兄権太夫と嫂（あによめ）が目を細めて見守っていた。

「とと様、早く」

市之丞が手を伸ばして、権太夫を呼んだ。

「よしよし、いま行くぞ」

権太夫が相好（そうごう）を崩して庭に下りた。

その目が、ちらっと、庭の片隅に向けられる。

そう……そこには妹の美乃が、雪に降られながら立ち尽くしているのだった。

大人どうしの再会は、昨夜のうちに橘屋で終えていた。

互いに感涙にむせびながらの対面だったが、美乃が成長した市之丞と会うのは、今日が初めてだった。

権太夫が気を利かして、雪で団子を作り、

「それ」

美乃の方に転がした。

市之丞は声を上げながら追っかけてくる。

だが、雪に隠れていた小石に躓(つまず)いて、美乃のすぐ近くで転んだ。

——あっ。

美乃は走りよった。

手を伸ばすが、市之丞は一人で起き上がると、心配そうに自分の顔を覗いている美乃に言った。

「泣かないぞ。とと様は、男は泣いてはならぬと申された」

言葉とはうらはらに、顔は半分泣き顔である。

「そう……」

美乃は市之丞の手を引き寄せて、その掌を見た。

泥と雪にまみれていた。

美乃はすばやく、柔らかい縮緬(ちりめん)の襦袢(じゅばん)の袖を引き出して、市之丞の手を丁寧に拭いた。

「冷たい手……」

美乃は赤くなった掌を両手に包んで、息を吹きかけた。

「はー……はー……はっ」

ぷくりとした柔らかい掌の感触、その愛しさに胸が詰まる。

「どうしたのじゃ。お腹でもいたいのか」

優しげな目が覗いた。

「いいえ、さっ、お父上様のところにいらっしゃい」

美乃は市之丞の体をくるりと回して、

「ほら、待ってますよ」

背を押した。

「とと様……かか様」

市之丞がかけていく。

――市之丞……。

美乃は声を殺して泣いた。

――これで良い……これで……良い……。

美乃が市之丞と別れたのは一歳の時である。市之丞はもうすっかり、美乃のことは忘れてしまったようである。

だが、兄夫婦の温かい愛情で、市之丞は元気に育っていた。

それだけで、美乃は救われた気持ちになっている。

「美乃……」

兄の権太夫が、市之丞を女中に渡して近づいてきた。

「兄上様、ありがとうございました」

「なに、かえって哀しませてしまったようだな。お前は生きていたのだ。上役に届けも出した。もう遠慮せずともこの家に帰ってきていいのだぞ。市之丞に母が二人、それもよいではないか」

「お心遣い身に染みます。でも、わたくしがここにいたのでは、義姉上様も市之丞の躾に戸惑います。市之丞はこの家の継嗣です。そのことは、わたくしも嬉しく思います。兄上様の御子として、どうぞよろしくお願いします」

「遠慮はするな。あの子に物の分別がつくようになれば、きっとお前のこと、話して聞かせる」

「はい。その時を楽しみにしております」

美乃は傘を開いた。

「行くのか、もう」

「ええ。わたくしには、三年間、支え続けてくれたお人がいます。そのお人の好意を無にして駆け込みを致しましたが、この先は、そのお人に心を委ねて暮らしていこうと思っております」

美乃はそう言うと、表に出た。

「あなた……」

桑名屋三郎兵衛が、降りしきる雪の中をゆっくりと歩み寄ってくるのが見えた。

お登勢は、一人屋根船の中から、寂々とした雪の景色を眺めていた。

夕刻まで降り続いた雪は、町も野も白一色に覆い尽くしていた。

おみのこと美乃が橘屋を去っていき、お登勢は藤七にだけ雪見に行くと告げて家を出た。

三ツ屋から大川を上り、ここ長命寺を過ぎた入り江に船をとめた。

船頭には酒代を渡して、一刻（二時間）ほど一人にしてほしいと言いつけてある。

見渡す限り雪の野で、ひとっこ一人いない。

熱燗を手酌で一杯、そしてもう一杯、体を温めてぼんやりと暮れていく雪景色を眺めている。

なぜか、人の中にいるのが寂しかった。

すべてを覆い尽くしている雪景色の中なら、今の自分を慰めてくれるような、そんな気がしたのである。

何がお登勢をそんな気分にさせたのか分かっていた。

松波夫婦が訪れた時、その芽生えはあったのである。

赤子を抱く夫婦の情景……お登勢にとっては、それは寂しい光景だった。

どことなく落ち着かない思いで過ごしていたところに、今日の昼頃金五がやってきた。

近頃たびたび諏訪町に帰っていたのは、千草に懐妊の兆しがあったからだと金五は告白したのである。

だが金五の期待は、千草の早とちりという結果に終わったらしく金五は苦笑して帰っていったが、それすら、お登勢には羨ましい姿に映った。

――せめて一筋、この先にしかとした光が見えるのであれば……。

そんな切ない思いを、この雪の上に捨てていきたい。

雪はやがて溶け、お登勢の憂いも流してくれるはず――。

お登勢が盃を傾けようとしたその時、舟を漕ぐ音が近づいてきた。

「十四郎様……」

お登勢は驚いて、思わず立ち上がりそうになった。

十四郎が自分で猪牙舟（ちょきぶね）を漕いできたのである。

「やはり、ここだったか」

十四郎は、猪牙舟を岸に着けると、お登勢の乗っている屋根船にすいと乗り移ってきた。

「心配したぞ」

「申し訳ありません。少し一人で考えたいことがありまして」

「まっ、許してやるかな」

十四郎は何も聞かずに、そこにあった盃を取り、酒を注いで一気に呷ると、お登勢の傍に来て座った。

お登勢の眺める景色を黙って見遣る。

長い沈黙が続いた。

「十四郎様」

お登勢は、沈黙に堪え兼ねて声をかけた。目は雪を見たままである。

「んっ、なんだ」

「わたくし、いつか……」

いつか、あなたのお子を、この腕に抱きたいのです。

お登勢は言いかけて、言葉を呑んだ。

切なくて涙が滲んでくる。

「うむ。いつかな……」

十四郎は言った。

十四郎には、お登勢が何を訴えたいのか分かっていた。

それを言えずに言葉を呑んだお登勢がいじらしかった。

十四郎は、そっとお登勢の膝にある細い手に、自身の手を添えた。

お登勢の手は、細くてひやりとしていたが、その皮膚の下には、熱い血が流れているのは間違いなかった。

十四郎が強く握り締めたその時、

「ちち、ちちち」

突然岸辺の雑木林から二羽の白い鳥が飛び立った。

二羽はつがいのようだった。

雪を蹴立てて舞い上がったその鳥の行方を、二人は息をこらして見送った。

二〇〇六年一月　廣済堂文庫刊

光文社文庫

長編時代小説
雪見船(ゆきみぶね)　隅田川御用帳(すみだがわごようちょう)(十)
著者　藤原緋沙子(ふじわらひさこ)

2017年3月20日　初版1刷発行
2025年3月5日　3刷発行

発行者　三宅貴久
印刷　大日本印刷
製本　大日本印刷

発行所　株式会社 光文社
〒112-8011　東京都文京区音羽1-16-6
電話 (03)5395-8149 編集部
8116 書籍販売部
8125 制作部

ISBN978-4-334-77445-5　Printed in Japan

組版　萩原印刷